Rémi voici une Histoire
de la forêt de Bretagne.

gros Bisou.
Marie

MERLIN

ANNE-MARIE CADOT-COLIN

MERLIN

Prologue

Vous plaît-il d'écouter la véritable histoire de Merlin, l'enchanteur de Bretagne ? Vous connaissez déjà son nom, vous savez qu'il pouvait lire dans l'avenir aussi bien que dans le passé, et prendre en un instant l'apparence qu'il souhaitait, mais vous ignorez d'où lui venaient ses pouvoirs magiques. La vérité est qu'il naquit d'un diable, et que pourtant il fit le bien durant toute sa vie. C'est lui qui fut le guide des rois de Bretagne, Uter Pendragon, et son fils le roi Arthur. Sur ses conseils fut fondée la Table Ronde, dont la gloire allait rayonner dans le monde entier. Mais ce magicien tout-puissant, ce sage instruit de toute science, ne devait pas montrer plus de raison qu'un enfant quand il fut frappé par l'amour.

Cette histoire de Merlin, je peux vous la raconter dans les moindres détails et sans aucune erreur, car je l'ai trouvée dans le livre de Maître Blaise. Ce saint homme, d'une grande sagesse, fut le confident de Merlin, qui venait souvent le retrouver dans les profondes forêts du Northumberland[1]. Le mystère de ses origines, ses aventures les plus étranges, la fondation du royaume de Bretagne, l'enchanteur conta tout cela à Maître Blaise, afin qu'il le consigne par écrit dans un livre. Et c'est grâce à ce livre que moi, Robert de Boron, je peux vous raconter l'étonnante histoire de Merlin.

---

1. Province située dans le nord de l'Angleterre, faisant frontière avec l'Écosse.

1

Le projet diabolique

Ce jour-là Satan[1], le prince des démons, jeta son regard sur la Terre, et ce qu'il vit le fit entrer dans une violente colère. Il rassembla tous ses diables pour s'adresser à eux.

— La situation est grave. Nous avons perdu notre pouvoir sur les hommes depuis que Jésus, le fils de Dieu, est descendu sur Terre. Avant, tous les enfants d'Adam et Ève[2] se conduisaient si mal qu'ils allaient en enfer. Qu'a donc fait ce Jésus, pour que les humains nous échappent ?

— Ce Jésus, répondit l'un des démons, ne s'est pas

_____
1. Satan est le nom donné au diable, chef des démons, chez les chrétiens.
2. La Bible raconte comment *Adam* et *Ève*, le premier homme et la première femme, parents de l'humanité, ont péché en désobéissant à Dieu.

contenté d'être pur de tout péché[1]. Cela n'aurait pas été bien grave qu'un seul soit perdu pour nous ! Mais il a lavé les hommes de leurs fautes : il leur suffit maintenant d'être baptisés[2], et nous n'avons plus aucun pouvoir sur eux. Bien plus grave, il a laissé sur Terre ses apôtres[3] et ses prêtres pour les aider à se conduire sagement. C'est ainsi que nous les avons perdus.

— Pourtant, reprit un autre, ce n'est pas faute de nous donner du mal ! Nous les tourmentons, nous les harcelons sans cesse pour qu'ils commettent des péchés. Mais il suffit qu'ils regrettent leurs fautes et se confessent[4], pour être aussitôt pardonnés. Ce jeu est trop facile, et la partie est inégale !

Satan resta un moment silencieux, plongé dans ses réflexions, puis il releva la tête.

— Ce qu'il nous faudrait, dit-il, c'est un être issu de nous qui jouerait le même rôle que ce Jésus : mais au lieu de sauver les hommes, il les mènerait à leur perte. Une créature qui vivrait sur la Terre avec les gens, et qui nous aiderait à les tromper. Nous avons la faculté de connaître tout ce qui a été dit et fait dans le passé. Cet homme pourrait révéler aux autres le passé proche et éloigné, et gagner ainsi leur confiance.

---

1. Les *péchés* sont les fautes que l'on commet contre Dieu, quand on n'obéit pas à ses commandements.

2. On devient chrétien par le *baptême*, cérémonie où l'on verse de l'eau sur la tête, en signe de purification.

3. Les *apôtres* sont les premiers compagnons de Jésus.

4. Pour les chrétiens, *se confesser*, c'est avouer ses péchés à un prêtre, qui a le pouvoir de les pardonner au nom de Dieu.

— Voilà une excellente idée, dirent les diables d'une voix unanime. Mais comment créer un tel homme ?

— Je n'ai pas le pouvoir, dit l'un d'entre eux, de prendre forme humaine pour m'unir à une femme. Mais je connais une jeune fille qui conviendrait tout à fait à ce projet.

— Il en est quelques-uns parmi nous, dit un autre, qui peuvent prendre l'apparence humaine. Ce sont les incubes, des démons vivant dans les airs et qui viennent parfois visiter les femmes durant leur sommeil.

— Ce serait parfait, approuvèrent les autres diables. Mais il nous faut procéder avec la plus grande discrétion.

Ils se mirent d'accord sur ce projet et convinrent d'engendrer un homme capable de séduire et de tromper l'humanité entière.

En ces temps lointains vivaient en Bretagne[1] deux sœurs qui n'avaient plus ni père ni mère. En mourant, leurs parents leur avaient laissé de grands biens. La plus jeune en profitait pour mener une vie déréglée, mais l'aînée se comportait avec la plus grande sagesse. Elle avait pour conseiller un prêtre nommé Maître Blaise, un saint homme qui lui enseignait comment conduire sa vie. C'est à elle que pensait le démon qui s'était vanté de connaître une jeune fille pouvant servir à leur projet. Car les diables sont ainsi faits : il leur

_____

1. Au Moyen Âge, on nomme *Bretagne* l'actuelle Grande-Bretagne (Angleterre et pays de Galles). Notre Bretagne française est alors appelée Petite-Bretagne.

plaît mille fois plus de séduire et d'égarer une âme vertueuse que celle qui est déjà portée à faire le mal.

Le diable lui envoya donc une vieille femme qui obéissait toujours à ses ordres. C'est elle qui avait déjà détourné du droit chemin la sœur cadette, par ses mauvais conseils. Elle alla cette fois trouver l'aînée :

— Belle amie, lui dit-elle, je vous vois mener une bien triste vie. Si vous saviez quels plaisirs connaissent les autres femmes, et combien il est gai et amusant de vivre en joyeuse compagnie ! Elle est bien malheureuse, celle qui n'a pas un jeune galant pour lui dire combien elle est belle. Quel dommage pour votre corps gracieux qui ne goûtera jamais le plaisir !

La jeune fille resta toute songeuse, et, le soir venu, au moment de se coucher, elle regarda son beau corps et se dit que la vieille avait peut-être raison. Mais le lendemain matin, elle alla voir Maître Blaise pour tout lui raconter.

— Garde-toi bien, lui dit-il, d'écouter ces discours inspirés par le diable. Fais le signe de croix en te levant et en te couchant, et surtout, veille à avoir toujours de la lumière, la nuit, dans la chambre où tu dors, car le diable déteste la clarté, et ne vient pas où elle se trouve.

Quand le démon entendit ces sages conseils, il eut grand peur de ne pas réussir dans son entreprise. Finalement, il pensa que le seul moyen de faire oublier à la jeune fille les enseignements du saint homme serait de la mettre en colère.

Il eut recours pour cela à la sœur cadette. Il la fit arriver le samedi soir à la demeure paternelle, fort tard dans la nuit. Elle était accompagnée de toute une bande de mauvais garçons, qui envahirent la maison. Quand l'aînée les aperçut, elle se mit en colère :

— Chère sœur, tant que vous mènerez cette vie, je refuse de vous voir ici. C'est moi qui risque d'être blâmée pour vos débordements.

Furieuse de s'entendre accuser ainsi, la cadette riposta :

— Mais cette maison est celle de notre père à toutes les deux ! Elle m'appartient autant qu'à vous, et je n'en sortirai pas.

Devant ce refus, l'aînée la prit par les épaules et voulut la mettre dehors. L'autre se rebiffa alors, et les vauriens qui l'accompagnaient se saisirent de sa sœur pour la rouer de coups. Ils la battirent cruellement, mais elle parvint à leur échapper et courut s'enfermer dans sa chambre.

Une fois seule, elle se jeta sur son lit et se mit à pleurer amèrement. Remplie de colère contre sa sœur qui l'avait maltraitée, elle finit par s'endormir. Dans sa détresse, elle avait complètement oublié les recommandations du saint homme.

La voyant dans cet état, le diable se dit, tout joyeux : « Maintenant, cette femme est à moi ! C'est le moment de faire venir le démon qui a pouvoir de s'unir aux femmes. »

Le démon incube était tout prêt à agir. Il vint à elle pendant son sommeil et la féconda. Lorsqu'elle se réveilla, la jeune fille s'exclama :

— Sainte Marie, que m'est-il arrivé ? Je ne suis plus la même que lorsque je me suis couchée ! Douce mère de Dieu, protégez-moi !

Aussitôt, elle se leva et courut à la porte de la

chambre, qu'elle trouva fermée à clef. Elle se mit alors à la recherche du coupable, qui devait être encore sur place, pensait-elle. Elle fouilla toute la pièce sans résultat. Elle comprit alors qu'elle avait été le jouet du diable, et se mit à pleurer.

Pendant ce temps, le diable avait fait partir de la maison la cadette, avec sa bande de garçons. Ils avaient joué leur rôle, et il n'avait plus besoin d'eux. Quand ils eurent disparu, l'aînée put sortir de sa chambre, et, toute bouleversée, en pleurs, elle se mit en route pour aller trouver Maître Blaise.

— Je te vois tout épouvantée et tremblante, lui dit-il en l'apercevant. Tu as des ennuis, il me semble, ma chère fille.

— Seigneur, ce qui m'arrive n'est jamais arrivé à aucune femme. Je viens vous demander conseil et me confesser, car j'ai commis un grand péché. J'ai été victime du diable.

Elle lui raconta alors comment sa sœur était venue chez elle et comment elle s'était comportée, avec la bande de vauriens qui l'accompagnait.

— Seigneur, je suis entrée dans ma chambre en fermant la porte derrière moi. Mais j'étais si pleine de douleur et de colère que j'ai oublié vos conseils. Je me suis couchée sans me signer[1], et voilà qu'à mon réveil, j'étais déshonorée : je n'étais plus vierge. J'ai eu beau fouiller toute la chambre, je n'ai pu trouver

---

1. *Se signer*, c'est faire sur soi le signe de croix, emblème des chrétiens. On pense au Moyen Âge que ce geste écarte les démons.

le coupable. Seigneur, c'est ainsi que tout s'est passé : j'ai été trompée par le diable.

Le prêtre l'avait écoutée avec une grande attention. Mais il restait incrédule, car jamais il n'avait rien entendu de semblable.

— Mon amie, je suis persuadé que tu mens. Jamais une femme ne s'est unie à un homme sans le connaître, ou du moins sans le voir ! Comment veux-tu que je te croie ?

— Seigneur, j'en fais serment devant Dieu, j'ai dit l'entière vérité.

— Es-tu prête, dans ce cas, à faire une confession sincère et à accepter la pénitence[1] que je te donnerai ?

— Seigneur, je ferai tout ce que vous me commanderez.

Le prêtre entendit sa confession et lui donna l'absolution[2]. Il continuait pourtant à se demander si tout était bien vrai dans son histoire. Mais, à la réflexion, il comprit qu'elle avait effectivement été trompée par l'Ennemi[3].

— Prends bien garde, lui dit-il, de fuir toute tentation, et de mener une vie exemplaire, sans rencontrer aucun homme. N'oublie pas mes recommandations et viens me voir chaque fois que tu en auras besoin.

---

1. Celui qui a fait des péchés doit les avouer (*confesser*) au prêtre, qui donne à faire une *pénitence* : une sorte d'épreuve à accomplir en réparation des péchés commis.
2. L'*absolution* est le pardon de Dieu prononcé par le prêtre.
3. Terme souvent employé pour désigner le diable sans prononcer son nom.

Il fit sur elle le signe de croix pour la bénir, et la laissa aller.

Elle rentra chez elle et mena une vie simple et honnête. Quand le diable vit qu'il l'avait perdue, il fut très en colère, car il supportait mal la défaite.

La jeune fille vécut ainsi jusqu'au moment où il lui fut impossible de dissimuler son état. Elle grossit et s'arrondit si bien que les autres femmes s'en aperçurent et lui dirent, examinant son ventre :

— Par Dieu, ma chère amie, vous prenez de l'embonpoint !

— Assurément.

— Êtes-vous enceinte ?

— Oui, je crois.

— Mais de qui ?

— Je l'ignore.

— Ma foi, avez-vous couché avec tant d'hommes que vous ignoriez qui est le père ?

— Je n'ai eu de rapport avec aucun homme, Dieu m'en est témoin.

À ces mots, les femmes se signèrent.

— Amie, c'est impossible ! Cela n'est jamais arrivé à personne. Vous aimez sans doute le coupable, et vous ne voulez pas l'accuser. Mais prenez garde, dès que les juges le sauront, ils vous condamneront à mort.

Ces paroles épouvantèrent la jeune fille. À cette époque, en effet, quand une femme menait une vie débauchée, elle était appelée devant les juges de la ville, qui la mettaient à mort. Horrifiée, elle courut chez Maître Blaise et lui rapporta les propos des femmes.

— Ma fille, es-tu bien sûre d'avoir suivi la pénitence que je t'ai imposée, et d'avoir évité tout rapport avec des hommes ?

— Je puis vous le jurer.

— Tu n'as donc péché qu'une fois ?

— Oui, seigneur. Ce fut la première et la dernière fois.

— Dis-moi alors exactement quand cela s'est passé.

Le prêtre nota soigneusement la nuit et l'heure qu'elle lui indiqua.

— N'aie pas peur, lui dit-il. Quand cet enfant naîtra, je verrai bien si tu m'as dit la vérité. Si tu es telle que tu le dis, Dieu te protégera. Tu vas vivre des moments pénibles, car les juges, quand ils apprendront cela, te feront arrêter. Mais je serai auprès de toi pour te porter secours.

Peu de temps après, en effet, les juges furent instruits de l'affaire. Ils firent comparaître cette femme qui prétendait ignorer de qui elle était enceinte. Celle-ci envoya aussitôt chercher Maître Blaise.

— Seigneur, demandèrent les juges au prêtre, croyez-vous qu'une femme puisse être enceinte sans avoir eu de rapports avec un homme ?

— Je ne vous dirai pas tout ce que je sais. Mais, si vous voulez m'en croire, il ne serait ni raisonnable ni juste de livrer cette femme au supplice tant qu'elle est enceinte. L'enfant n'a pas participé au péché de la mère : vous ne devez pas tuer un innocent.

— Nous suivrons votre conseil, dirent les juges. Mais comment nous assurer d'elle ?

— Faites-la donc garder dans une tour, un lieu où elle ne pourra pas se conduire mal. Placez auprès d'elle deux femmes, qui l'aideront à accoucher, quand l'heure sera venue, et donnez-leur tout le nécessaire. Gardez-la ainsi sous surveillance jusqu'à la naissance. Là, je vous conseille de la laisser nourrir l'enfant jusqu'au moment où il sera sevré. Alors seulement, vous pourrez faire de cette femme ce que vous voudrez.

Les juges trouvèrent ces avis pleins de sagesse et décidèrent de s'y conformer. Ils placèrent la jeune fille dans une haute tour, dont ils firent murer toutes les portes, et enfermèrent avec elle les deux femmes les plus vertueuses de la ville. On ne laissa ouverte qu'une petite fenêtre tout en haut, par laquelle on leur hissait, au moyen d'une corde, ce dont elles avaient besoin.

2

La naissance de Merlin

La jeune fille vécut ainsi jusqu'au jour où elle mit au monde son enfant. Dès sa naissance, il reçut les pouvoirs et l'intelligence du diable, son père. Mais le démon n'avait pas prévu que Dieu en personne se soucierait de son sort. Notre-Seigneur[1] savait bien que la jeune fille avait été séduite par ruse et dans son sommeil, et aussi qu'elle avait confessé sa faute et menait une sainte vie. Il décida alors d'accorder au nouveau-né un don merveilleux : la faculté de connaître l'avenir. Ainsi donc, l'enfant eut par le diable la connaissance du passé, et celle de l'avenir, il la reçut de Dieu, qui voulut contrebalancer de cette manière le pouvoir du diable. On verrait bien quel parti il choisirait.

Lorsque le nouveau-né vit le jour, les femmes le prirent dans leurs bras, et elles furent saisies d'une

---

1. Nom souvent donné à Dieu, dans la religion chrétienne.

grande frayeur : il était tout velu et poilu, plus qu'aucun autre enfant. Elles le montrèrent à sa mère, qui se signa à sa vue.

— Cet enfant me fait peur ! s'écria-t-elle.

— À nous aussi, dirent les femmes. C'est à peine si nous osons le tenir dans nos bras !

— Il faut le faire baptiser, reprit la mère, et pour cela il doit sortir de la tour.

— Et quel nom voulez-vous lui donner ?

— Il portera le nom de mon père, Merlin.

Les femmes placèrent le bébé dans le panier et le firent descendre au moyen de la corde. Elles demandèrent qu'on le baptise en lui donnant le nom de son aïeul. Il reçut donc le nom de Merlin, puis on le rendit à sa mère pour qu'elle l'allaite, car aucune femme n'en avait le courage. Elle le nourrit jusqu'à l'âge de neuf mois. Auprès d'elle, les femmes ne cessaient de s'étonner, car, velu et poilu comme il était, il paraissait bien avoir deux ans.

Quand l'enfant fut âgé de dix-huit mois, les femmes dirent à la mère :

— Dame, nous voudrions maintenant rentrer chez nous. Nos familles et nos amis nous attendent, et nous ne pouvons rester ici éternellement.

— Je vous comprends, dit-elle. Mais je sais bien qu'aussitôt après votre départ, on me fera passer en jugement.

Elle fondit en larmes et, prenant son fils dans ses bras, alla se réfugier près de la fenêtre.

— Cher fils, lui dit-elle, à cause de toi je vais être condamnée, sans l'avoir pourtant mérité. Personne ne me croira si je dis comment tu as été engendré, et il me faudra mourir. Tout innocent que tu es, c'est toi qui me conduiras au supplice et à la mort.

Comme elle se lamentait ainsi, l'enfant regarda sa mère et se mit à rire.

— Ma chère mère, ne craignez rien. Je ne serai pas la cause de votre mort.

En l'entendant parler, la mère manqua de s'évanouir. Dans sa frayeur, ses bras laissèrent échapper l'enfant, qui tomba à terre. Les femmes, entendant le bruit, se précipitèrent, croyant qu'elle avait voulu le tuer.

— Pourquoi l'enfant est-il tombé ? Voulez-vous donc le tuer ?

— Pas du tout, répondit-elle tout abasourdie. Mais il vient de prononcer des paroles si extraordinaires que le cœur et les bras m'ont manqué.

— Et que vous a-t-il dit, pour causer une telle frayeur ?

— Il m'a dit que je ne mourrai pas à cause de lui.

Elles prirent alors l'enfant et le pressèrent de questions, mais lui n'avait aucune envie de leur répondre, et il ne dit mot. Au bout d'un moment, la mère dit aux deux femmes :

— Voilà comment vous devez faire : dites que je serai brûlée vive à cause de lui, et vous verrez s'il ne se décide pas à parler.

Elle le reprit dans ses bras et les deux femmes s'approchèrent.

— Dame, vous allez subir un affreux supplice. Quel malheur qu'une belle jeune femme comme vous soit brûlée sur un bûcher à cause de cette créature ! Il aurait mieux valu qu'il ne vienne pas au monde !

— Vous mentez ! s'écria l'enfant. C'est ma mère qui vous a dicté ces paroles.

— Ce n'est pas un enfant, dirent-elles. C'est un diable qui sait tout ce que nous avons fait et dit.

Elles l'assaillirent de questions, mais il se contenta de leur répondre :

— Laissez-moi tranquille ! Vous êtes des insensées, et ma mère est bien plus innocente que vous.

— On ne peut cacher plus longtemps ce prodige, dirent les femmes, stupéfaites. Allons le dire au peuple.

Elles se mirent donc à la fenêtre et appelèrent les gens de la ville pour leur répéter ce qu'avait dit l'enfant. Quant à elles, elles ne voulaient rester plus longtemps enfermées. Qu'on le fasse savoir aux juges !

Les juges, mis au courant, reconnurent que l'affaire n'était pas banale. Il était temps de traduire la mère en justice. On la convoqua donc pour son jugement, dans un délai de quarante jours. Quand elle connut la date de son supplice, épouvantée, elle fit prévenir Maître Blaise.

Les jours passèrent. Il ne lui restait plus qu'une semaine avant de monter au bûcher. Terrifiée à cette idée, elle se mit à pleurer amèrement. L'enfant, qui se promenait çà et là dans la tour, vit sa mère en larmes et se mit à rire.

— Tu te soucies bien peu, dirent les femmes, du tourment de ta mère. Maudite soit l'heure de ta naissance ! À cause de toi, elle sera brûlée vive dans une semaine.

— Ne les écoutez pas, ma chère mère. Tant que je vivrai, personne n'osera vous livrer à la mort, ni même vous toucher.

Ces paroles remplirent de joie les femmes.

— Ma foi, dirent-elles, un enfant qui parle ainsi sera, s'il plaît à Dieu, un homme de grande sagesse.

Le jour fixé pour le supplice arriva. Les femmes quittèrent la tour, et la mère, tenant son enfant dans ses bras, s'avança devant les juges. Ceux-ci commencèrent par interroger les deux femmes sur les événements qui venaient de se dérouler. Était-il exact que l'enfant ait tenu ces propos étonnants ? Comme elles le confirmaient, ils se regardèrent, stupéfaits, et dirent en hochant la tête :

— Il faudra à cet enfant de bons arguments pour tirer d'affaire sa mère.

Pendant ce temps, la jeune femme avait eu l'autorisation de se rendre avec Maître Blaise dans une pièce à l'écart pour se confesser[1]. Elle y entra en laissant l'enfant dehors. Plusieurs personnes tentèrent alors de l'interroger, mais il ne daigna pas répondre. La jeune mère cependant s'entretenait avec le prêtre, en pleurant de manière déchirante. Quand elle eut fait sa confession, Maître Blaise lui demanda :

— Est-il vrai que ton enfant a tenu ces propos dont on parle ?

— Oui, seigneur.

---

1. Avant sa mort, le chrétien doit *se confesser*, pour obtenir de Dieu le pardon de ses péchés, et pouvoir ainsi aller au Paradis.

— Quelque chose d'extraordinaire va alors se produire, j'en suis certain.

La jeune femme sortit de la pièce, reprit son enfant et se dirigea vers les juges.

— Qui est le père de cet enfant ? lui demandèrent-ils.

— Seigneurs, je vois bien que je ne puis échapper au supplice. Que Dieu me refuse sa pitié si je mens ! Je ne me suis donnée à aucun homme, et je n'ai jamais vu ni connu celui dont j'ai été enceinte.

— La chose est impossible, d'après nous. Mais nous allons demander aux autres femmes si cela s'est jamais vu, si une femme peut porter un enfant sans qu'un père l'ait engendré.

— Non, c'est impossible, répondirent-elles d'une seule voix.

Cette affirmation renforça les juges dans leur opinion.

— Rien ne s'oppose à ce que la justice suive son cours.

À ces mots, l'enfant, se contorsionnant dans les bras de sa mère, parvint à lui échapper et bondit devant les juges.

— Seigneurs, ce n'est pas de sitôt que ma mère sera mise à mort ! Savez-vous seulement pourquoi vous voulez la condamner ?

— Nous le savons parfaitement, répondit l'un d'entre eux, le plus respecté et le plus influent. Parce qu'elle t'a conçu de manière coupable et qu'elle refuse de donner le nom de celui qui t'a engendré. Selon l'ancienne loi, une femme de cette espèce mérite la mort.

— Ma mère n'est coupable de rien. Demandez au saint homme que vous voyez ici ce qu'il a à dire pour sa défense.

Le prêtre, interrogé, rapporta mot pour mot tout ce que la jeune fille lui avait confié.

— Seigneurs, la conception de cet enfant a eu lieu pendant son sommeil, sans qu'elle connaisse celui qui l'a visitée. Elle est venue me l'avouer le lendemain matin, et n'a plus rencontré aucun homme jusqu'à la naissance de cet enfant, neuf mois après exactement. Elle s'est confessée de sa faute, et sa conscience est pure.

— Elle n'en sera pas quitte pour autant, reprit le juge, si elle n'avoue pas qui est le père.

L'enfant se mit en colère :

— Je connais mieux mon père que toi le tien ! Quant à ta mère, elle sait fort bien que ton vrai père n'est pas celui que tu crois, et pour cela, en stricte justice, elle mériterait la mort.

— As-tu une accusation à formuler contre ma mère ? répondit le juge, furieux. Prends garde à ne pas parler sans preuve !

— Si j'obligeais ta mère à t'en donner elle-même la preuve, acquitterais-tu la mienne ? Elle a dit la vérité : elle n'est pas coupable de ce dont on l'accuse.

— Tu veux éviter le bûcher à ta mère, je le vois. Mais sache bien ceci : si tu ne peux fournir une preuve convaincante de la faute de ma mère, la tienne sera condamnée, et je te ferai brûler vif avec elle.

On fixa un délai de quinze jours, le temps de faire venir la mère du juge. Pendant ce temps, Merlin et sa mère furent gardés, mais personne, en dépit des questions, ne put arracher un seul mot à l'enfant. Au jour dit, ils comparurent devant le tribunal, en présence du peuple.

Merlin s'adressa aux juges :

— Avant toute chose, seigneurs, vous engagez-vous à acquitter ma mère si je peux prouver son bon droit contre cet homme ?

— Oui, si elle parvient à se disculper devant cet homme, plus rien ne lui sera demandé.

Mais le juge en question commençait à s'irriter :

— Merlin, voici ma mère. Tu dois maintenant t'expliquer de tes accusations.

— Tu n'es pas aussi sage que tu le penses, répondit l'enfant. Tu ferais mieux d'emmener ta mère dans une salle à l'écart, et de choisir parmi les juges tes amis les plus sûrs et les plus discrets. Ma mère et moi, nous serons présents avec nos défenseurs, le Dieu tout-puissant et Maître Blaise.

Quand ils furent ainsi réunis à l'écart, l'enfant dit solennellement :

— Je ne veux pas défendre ma mère injustement, mais faire triompher le bon droit. Devant Dieu, j'affirme qu'elle ne mérite pas le châtiment que vous voulez lui infliger, et qu'elle ignore totalement qui est mon père. Si vous voulez m'en croire, vous l'acquitterez, et vous renoncerez à savoir qui est le vôtre.

— Tu te moques de moi ! s'exclama le juge. Tu dois en dire davantage, car tu ne t'en sortiras pas ainsi.

Se tournant vers sa mère, il lui demanda :

— Chère mère, ne suis-je pas le fils de votre époux légitime ?

— Et de qui seriez-vous le fils, mon enfant, si ce n'est de mon cher époux défunt ?

— Dame, intervint Merlin, il vous faut dire la vérité. Je préférerais cependant me taire, si votre fils voulait nous acquitter, ma mère et moi.

— Il n'en est pas question, fit le juge.

— Eh bien, vous y gagnerez alors de savoir qui est votre père, car votre mère sera bien obligée de l'avouer.

À ces mots, tous les témoins se signèrent, stupéfaits.

— Dame, reprit l'enfant, allez-vous lui dire la vérité sur son père ?

— Ne l'ai-je pas dite, démon ?

— Dame, vous savez bien qu'il est le fils de votre curé ! À l'époque, vous étiez brouillée avec votre mari. N'est-ce pas exact ? Si vous ne voulez pas avouer, je continue !

— Dit-il la vérité ? demanda le juge à sa mère, d'un ton plein de colère.

— Cher fils, dit la mère affolée, allez-vous croire les paroles de ce diable ?

— Dame, répondit Merlin, je vais être obligé de faire d'autres révélations.

Comme la dame restait muette, il poursuivit :

— Quand vous vous êtes aperçue que vous étiez enceinte, vous avez couru supplier le curé qu'il vous réconcilie avec votre mari avant que celui-ci s'aperçoive de votre état. Le prêtre a si bien réussi à l'entortiller que vous êtes parvenue à coucher avec votre époux. Vous avez donc pu lui faire croire que l'enfant était de lui. Tous en sont persuadés, et votre fils le premier. Et pourtant, vous continuez à mener le même genre de vie ! Le matin même de votre départ, le prêtre vous a accompagnée un bout de chemin, et il vous a dit à l'oreille en riant : « Mon amie, allez donc voir mon fils, puisqu'il vous le demande ! » Car il sait bien que l'enfant est de lui.

La dame, effondrée, les jambes coupées, fut obligée de s'asseoir. Elle savait bien que c'était l'entière vérité, et qu'il lui fallait avouer sa faute.

— Chère mère, lui dit le juge, quel que soit mon père, vous êtes ma mère, et je vous traiterai comme telle. Dites-moi seulement si nous avons entendu la vérité par la bouche de cet enfant.

— Mon fils, au nom de Dieu, pitié ! Je ne peux le cacher davantage : ces paroles sont véridiques !

— Ainsi donc, dit le juge, accablé, l'enfant avait raison quand il affirmait connaître son père mieux que moi le mien. Il serait injuste de punir sa mère quand je ne punis pas la mienne. Par Dieu, Merlin, poursuivit-il en se retournant vers lui, je disculperai ta mère devant le peuple. Mais pour cela, dis-le-moi, je t'en prie : qui est ton père ?

— Je vais te dire la vérité, plus par amitié pour toi que par crainte de ton pouvoir. Je suis le fils d'un diable, un de ceux qu'on nomme incubes, qui a abusé de ma mère durant son sommeil. Le démon m'a donné de savoir tout ce qui a été dit et fait dans le passé, et c'est ainsi que je connais la conduite de ta mère. Mais Notre-Seigneur, pour récompenser la vertu de ma mère et ses bons sentiments, m'a aussi fait la grâce de connaître en partie l'avenir[1]. Et voilà comment tu en auras la preuve : ta mère va rapporter

---

1. En partie seulement, car Dieu seul peut connaître toute chose.

mes paroles à celui qui t'a engendré. Il aura une telle frayeur de te voir au courant de son secret, qu'il prendra la fuite. Le diable, dont il a toujours été le serviteur, le conduira à une rivière où il se noiera.

— Si tout cela se produit, tu auras gagné ma confiance à jamais.

Leur discussion s'arrêta là, et ils revinrent devant le peuple.

— Cet enfant a sauvé sa mère du bûcher, dit le juge à la foule. Que tous sachent qu'ils ne verront jamais plus sage créature que cette femme.

— Que Dieu soit loué si elle échappe à la mort ! s'écrièrent-ils d'une seule voix.

Ainsi fut sauvée la mère de Merlin. Le juge renvoya sa mère chez elle, avec deux hommes chargés d'observer la situation. Quand le curé apprit, de la bouche de sa complice, l'incroyable révélation, il fut terrifié, car il était sûr que le juge le ferait mettre à mort. Il pensa qu'il aimerait mieux périr de sa propre main qu'être condamné publiquement à la honte et au déshonneur. Poussé par le diable, il alla se jeter dans la rivière. Les deux témoins revinrent raconter son suicide au juge, qui se rendit auprès de Merlin et de sa mère.

— Tu vois bien maintenant que je dis la vérité ! dit l'enfant en éclatant de rire.

Merlin et sa mère s'en allèrent donc libres. Maître Blaise était un clerc[1] plein d'intelligence. Il avait été

---

1. Les *clercs* sont des hommes instruits, des hommes d'Église, puisque c'est l'Église au Moyen Âge qui possède et diffuse le savoir.

frappé par la sagesse des propos de Merlin. D'où pouvait-il tenir cette science, alors qu'il n'avait pas deux ans ? Il tenta donc de le sonder à plusieurs reprises.

— Blaise, lui dit finalement Merlin, ne cherche plus à me mettre à l'épreuve. Aie confiance en moi.

— N'as-tu pas dit pourtant que tu étais le fils du diable ?

— Oui, mais je t'ai dit aussi que Dieu m'a donné le pouvoir de lire l'avenir. S'il a permis que j'aie ce don, c'est qu'il m'a fait confiance. La ruse et l'artifice, je tiens ces dons du diable, mais je ne les mettrai pas à son service. Me feras-tu confiance ?

— Oui, à condition que tu ne me fasses jamais agir contre la volonté de Dieu.

— Il en sera ainsi. Voici ce que je te demanderai de faire pour moi : tu mettras par écrit dans un livre tout ce que je te confierai. Va chercher maintenant de l'encre et du parchemin, et note dans ce livre ce que nulle autre bouche que la mienne ne pourra révéler.

C'est ainsi que Merlin fit écrire à Maître Blaise l'histoire de sa naissance. Ce fut le début du livre qui devait raconter toute sa vie, livre que moi, Robert de Boron, j'ai tenu entre mes mains.

3

La tour de Vertigier

À cette époque régnait sur la Bretagne un roi nommé Constant. Il avait trois fils. L'aîné s'appelait Moine, le second Pendragon et le troisième Uter. Son sénéchal[1], du nom de Vertigier, était un homme intelligent et habile, et un des meilleurs chevaliers de cette époque. Lorsque Constant mourut, après un long règne, les seigneurs du royaume se réunirent pour décider qui ils feraient seigneur et roi. La majorité fut d'accord pour donner le trône à Moine, l'aîné des trois fils, malgré son jeune âge. Quant à Vertigier, il fut reconduit dans sa fonction de sénéchal.

En fait, c'était lui, et non le roi, qui gouvernait le royaume. Il avait un grand prestige à cause de sa vaillance, et il s'attirait la sympathie des gens en usant

---

1. Seigneur important de la cour d'un roi. Le *sénéchal* a la charge de l'intendance et des expéditions militaires.

du trésor royal. Une guerre éclata : les Saxons avaient toujours été les ennemis de Constant. Voulant mettre à profit la jeunesse de Moine, ils vinrent attaquer le pays. Le roi, encore un enfant, n'avait pas la bravoure et la sagesse nécessaires pour faire face, et Vertigier s'en apercevait bien. Tous pensaient que le sénéchal était le seul capable d'une action efficace. Ce dernier en conçut un grand orgueil, et décida qu'il ne mènerait pas la guerre pour le compte du roi.

Quand les Saxons apprirent qu'il se retirait, leur audace ne fit que croître, et ils multiplièrent les attaques. Moine fit appel à Vertigier.

— Cher ami, lui dit-il, aidez-moi à défendre ce royaume. Le sort de mes sujets et le mien dépendent de vous. Mettez-vous à notre tête.

— Seigneur, que d'autres s'en chargent à l'avenir ! Pour moi, je ne puis le faire, car certains dans ce pays me haïssent à cause des services que je vous ai rendus. Qu'ils livrent donc cette bataille, car je ne m'en mêlerai pas !

Le roi Moine et son entourage, voyant qu'ils ne parviendraient pas à le convaincre, se préparèrent donc à combattre les Saxons. Mais les hommes du roi furent mis en déroute, et ils durent avouer, à leur retour, que, si Vertigier avait été présent, ils n'auraient pas subi d'aussi lourdes pertes.

On en resta là. Le jeune roi, inexpérimenté, ne savait pas s'attacher les gens comme il aurait fallu, et beaucoup se mirent à le détester. Avec le temps, ils le jugèrent lâche et indécis, et refusèrent de le supporter plus longtemps. Plusieurs barons[1], parmi les plus importants, allèrent trouver Vertigier.

— Seigneur, nous voilà sans roi ni maître, car celui-ci ne vaut rien. Par Dieu, soyez notre roi ! Gouvernez-nous, protégez-nous, car personne dans ce pays ne peut le faire mieux que vous.

— Je ne le puis ni ne le dois, tant que notre roi est en vie.

— Il vaudrait mieux qu'il soit mort !

— S'il était mort et que tout le monde me souhaitait pour roi, j'accepterais volontiers. Mais tant que Moine sera en vie, c'est impossible.

La réponse de Vertigier pouvait être interprétée de diverses façons. Les barons qui l'entendirent, de retour dans leurs terres, réunirent leurs amis pour examiner la situation. Ils rapportèrent leur conversation avec le sénéchal.

— Le mieux à faire est de supprimer Moine, conclurent-ils. Vertigier sera roi, et il saura bien que c'est grâce à nous. Ainsi, par la suite, nous aurons tout pouvoir sur lui.

Ils en désignèrent douze, parmi eux, qui seraient chargés du meurtre. Les autres se tiendraient en secret dans la ville, pour prêter main-forte en cas de besoin. Les douze se rendirent à la résidence royale. Ils se jetèrent sur Moine et le tuèrent à coups de couteau et d'épée. Tout se passa très vite – Moine était jeune – et dans l'indifférence générale. Les barons se rendirent auprès de Vertigier.

---

1. Les *barons* sont les plus puissants seigneurs du royaume, de grands propriétaires terriens en général.

— Vertigier, lui dirent-ils, tu peux maintenant être roi. Nous avons tué Moine.

À cette nouvelle, le sénéchal feignit d'entrer dans une vive colère :

— Vous avez mal agi en assassinant votre roi. Je vous conseille de fuir au plus vite, car les seigneurs de ce royaume vous tueront, et moi, je ne vous protégerai pas. Je suis très mécontent de vous voir ici.

Ils se retirèrent donc.

Le roi Moine était mort. Les seigneurs du royaume se réunirent pour délibérer sur le choix d'un nouveau souverain. Vertigier s'était attiré la confiance et l'estime de presque tous. Le trône lui fut donc accordé à l'unanimité. À cette délibération assistaient deux hommes de bien qui avaient la garde des enfants survivants, Pendragon et Uter, fils de Constant et frères de Moine. Lorsqu'ils apprirent que Vertigier serait roi, ils furent convaincus que c'était lui qui avait fait assassiner le roi Moine.

— Nous pouvons tout craindre de lui, se dirent-ils. Dès qu'il sera au pouvoir, il fera tuer les enfants qui sont sous notre garde. Il aura trop peur qu'ils ne revendiquent un jour leur royaume. Nous devons les protéger.

Les deux hommes décidèrent donc de fuir la Bretagne, et d'emmener les enfants avec eux sur le continent[1], et de là très loin vers l'Orient, en terre étrangère. Une fois grands, ils pourraient, s'ils en

---

1. La Bretagne (Grande-Bretagne) est une île. Gagner le *continent*, c'est traverser la Manche pour venir en France.

avaient le courage, reprendre leur royaume à l'usurpateur[1].

Vertigier fut donc élu roi, et reconnu pour tel dans
toute la Bretagne. Après le sacre, quand il fut maître
du pays, les assassins de Moine revinrent le trouver.
Face à eux, il fit comme s'il ne les avait jamais vus.
Les barons l'accablèrent alors de reproches : il leur
devait son trône, puisqu'ils avaient supprimé pour lui
le roi Moine. Entendant de leur bouche l'aveu du
crime, Vertigier les fit aussitôt arrêter.

— Vous avez vous-mêmes prononcé votre condam-
nation, en avouant avoir tué votre seigneur. Vous
n'aviez pas le droit de supprimer Moine, et vous agiriez
de même avec moi, si vous le pouviez.

Ces menaces les épouvantèrent.

— Seigneur, firent-ils, nous avons cru agir dans
votre intérêt, et mériter ainsi votre amitié.

— Je vais vous montrer comment on doit aimer les
gens de votre espèce !

Les douze barons ayant été saisis, il les fit attacher
à douze chevaux et écarteler, jusqu'à ce qu'ils soient
mis en pièces. Après leur supplice, leurs nobles
familles vinrent trouver Vertigier.

— Tu nous as couverts de honte en faisant périr
nos parents et nos amis d'une mort infamante. Nous
ne te servirons plus jamais de bon cœur.

Irrité par ces paroles, Vertigier répliqua :

— Si vous ajoutez un seul mot, je vous ferai subir
le même sort !

---

1. L'*usurpateur* est celui qui s'empare, par ruse ou par force,
d'un bien ou d'un titre auquel il n'a pas droit.

— Tu peux nous menacer autant que tu voudras. Tu n'es pas notre maître, ni le seigneur légitime de ce royaume. Voici notre défi : tant que nous aurons un homme capable de porter les armes, nous ne cesserons de combattre contre toi.

Ainsi commencèrent les hostilités entre eux. Les barons réunirent des troupes et tentèrent d'envahir le pays. Vertigier ne put que difficilement les repousser.

Vertigier gouverna longtemps le royaume, mais il se montra un tel tyran que son peuple se rebella contre lui. Craignant d'être chassé de son trône, il envoya des messagers auprès des Saxons pour faire la paix avec eux. Ces offres furent bien accueillies, et un chef saxon du nom de Hengist lui proposa son aide contre ses sujets rebelles. Ayant triomphé, il fit épouser sa fille au roi. Mais cette union ne fit qu'augmenter la haine de ses sujets.

Vertigier savait aussi que les fils de Constant s'étaient réfugiés en terre étrangère et reviendraient aussitôt qu'ils le pourraient. Il décida donc de construire une tour si solide et si élevée qu'elle serait imprenable. Il ordonna d'apporter les matériaux, de bâtir des fours à chaux et d'entreprendre aussi vite que possible la construction de la tour.

Mais après trois semaines de travaux, de nuit comme de jour, tout s'écroula. On recommença, et par trois fois la tour s'écroula, aussitôt qu'elle avait atteint trois ou quatre toises[1].

---

1. Unité de longueur au Moyen Âge, la *toise* mesure environ 2 m.

Outré de cet échec, Vertigier déclara qu'il ne serait pas satisfait avant d'en avoir connu la cause. Il réunit donc ses barons les plus sages et leur fit part du phénomène : en dépit de tous ses efforts, la tour, avant même d'être entièrement construite, s'effondrait mystérieusement. Il leur demandait conseil.

Les barons furent frappés de stupeur devant ce fait peu banal. Après avoir examiné les décombres, ils dirent à Vertigier :

— Seigneur, seuls des clercs pourraient expliquer ce phénomène. Par leurs longues études, ils ont des connaissances supérieures à celles des autres hommes. Vous devriez les consulter.

— Je pense que vous avez raison.

Vertigier fit donc convoquer les clercs de son royaume et, quand ils furent réunis, il leur expliqua ce qui se passait.

— Pourriez-vous me dire, conclut-il, pourquoi ma tour s'écroule ? Malgré tous les efforts, il est impossible de la faire tenir debout.

— Seigneur, nous n'en savons rien ! Mais peut-être des clercs versés dans une science appelée astrologie[1] pourraient vous répondre. Si nous parvenons à trouver des experts en la matière, nous les prierons de vous conseiller.

— S'ils peuvent m'éclairer, je n'aurai rien à leur refuser.

---

1. L'*astrologie* est pratiquée depuis la plus haute Antiquité, et tenue en grande estime au Moyen Âge : elle permet de lire les choses cachées et de prédire l'avenir à partir de l'observation des astres.

Les clercs se réunirent en petit comité pour se consulter. Deux, parmi eux, connaissaient des experts en astrologie : ils reçurent donc la mission de réunir des clercs astrologues. Ils firent tant et si bien qu'ils en trouvèrent sept. Chacun des sept pensait être plus savant que les autres. On les conduisit devant le roi qui leur demanda s'ils pourraient lui dire pourquoi sa tour s'écroulait.

— Oui, répondirent-ils, si c'est le fait d'un être humain.

— Eh bien, sachez que, si vous y parvenez, je vous donnerai tout ce que vous voudrez.

Le roi renvoya l'assemblée des clercs et seuls restèrent les sept clercs astrologues. Ils étaient très expérimentés dans leur art et consultèrent longuement les astres. Et pourtant, plus ils réfléchissaient, moins ils trouvaient la solution. En fait, une réponse s'imposait à eux, mais elle semblait sans rapport avec la tour. Le roi, impatient, les convoqua et les pressa de parler.

— Qu'en est-il de ma tour ? Ne me cachez rien !

— Seigneur, vous nous posez une question extrêmement difficile. Il faut nous accorder un délai de neuf jours.

— Soit ! Mais prenez garde à m'apporter la réponse d'ici neuf jours. Il y va de votre vie !

Neuf jours d'étude n'apportèrent aucune solution. Arrivés au terme du délai, les clercs se réunirent pour délibérer et s'interrogèrent entre eux : « Quelle réponse donner au roi ? » Mais aucun ne voulait dire aux autres ce qu'il en savait lui-même.

Le plus sage d'entre eux finit par prendre la parole :

— Prenez garde ! Nous sommes perdus si nous en

restons là. Voici ce que nous allons faire : chacun va venir à tour de rôle me dire à l'oreille ce qu'il a découvert. Moi, je ne dévoilerai ce qui m'a été dit qu'avec votre permission à tous.

Tous furent d'accord, et ils vinrent l'un après l'autre lui révéler le fruit de leur réflexion. De la tour ils ne savaient rien, mais ils voyaient une chose extraordinaire : un enfant de sept ans, conçu par une femme, et qui n'avait pas de père humain. Tous lui avouèrent la même chose.

Quand il eut reçu leur confidence, le plus sage dit aux autres :

— Revenez devant moi, seigneurs. Vous m'avez tous dit la même chose et caché la même chose.

— Est-ce possible ? Qu'avons-nous dit et qu'avons-nous caché ?

— Vous avez tous avoué ne rien savoir au sujet de la tour, et vous avez tous vu un enfant conçu par une femme et qui n'avait pas pour père un être humain. Mais moi je vais vous dire de quoi vous n'avez pas soufflé mot : vous avez vu que vous deviez mourir à cause de cet enfant. Moi aussi je l'ai vu, tout comme vous. Et c'est à cela qu'il nous faut réfléchir, puisque notre vie est en jeu. N'ai-je pas dit la vérité ? N'ai-je pas raison ?

— Oui, vous avez dit vrai. Par Dieu, nous vous en supplions, aidez-nous à préserver nos vies !

— Bien fou celui qui n'y songerait pas ! Savez-vous ce que nous allons faire ? Nous nous mettrons d'accord pour donner la même réponse : cette tour ne peut et ne pourra jamais rester debout si l'on ne mêle pas au mortier de ses fondations le sang de cet enfant né sans père. Si l'on y parvient, la tour tiendra et restera toujours intacte. Nous ferons tous la confidence au roi séparément et sans lui dire que nous nous sommes concertés. Ainsi il nous croira et nous échapperons à la mort. Quant à cet enfant qui doit causer notre perte, empêchons le roi de le voir et de l'entendre. Ceux qui iront le chercher devront le tuer dès qu'ils l'auront trouvé, et rapporter son sang au roi.

Ils s'accordèrent tous sur ce plan et allèrent trouver le roi.

— Seigneur, nous ne vous donnerons pas notre réponse tous ensemble. Chacun viendra vous parler séparément et vous pourrez ainsi juger par vous-même qui montre le plus de sagesse.

Chacun d'entre eux fit donc semblant de tout ignorer de la réponse des autres, et vint se présenter devant le roi, assisté de cinq conseillers. Stupéfaits devant leurs révélations, ces derniers finirent par admettre que cela était possible, si toutefois un enfant sans père pouvait exister. Le roi, convaincu de leur sagesse, les fit revenir ensemble devant lui :

— Vous m'avez tous donné séparément la même réponse, leur dit-il.

— Et quelle réponse ?

Et le roi leur répéta leurs propos. Il avoua cependant sa perplexité :

— Comment est-ce possible ? Comment un enfant peut-il naître sans père ?

— Seigneur, c'est un cas unique, mais nous pouvons vous l'affirmer : cet enfant est bien né ainsi, et il est âgé de sept ans.

Le roi leur assura qu'il enverrait chercher l'enfant. Quant à eux, il les ferait garder sous sa protection en attendant.

— Bien volontiers, seigneur ! Nous acceptons ces conditions. Mais surtout, évitez de voir l'enfant et de lui parler. Ordonnez seulement qu'on le tue et qu'on vous apporte son sang. C'est ainsi que votre tour tiendra, si elle a quelque chance de tenir.

Le roi les fit placer dans sa forteresse, en leur donnant à boire et à manger, et en subvenant à leurs besoins. Puis il envoya douze messagers dans tout le royaume, deux par deux. Il leur fit jurer sur les reliques[1] que ceux qui trouveraient l'enfant le tueraient et rapporteraient son sang. Qu'ils ne reviennent pas avant.

---

1. Les *reliques* sont les restes des saints (morceaux d'os ou de vêtements), que l'on respecte beaucoup au Moyen Âge. Un serment prêté sur les reliques est particulièrement solennel.

4

L'enfant sans père

Les messagers furent donc envoyés à la recherche de l'enfant. Ils partirent deux par deux et explorèrent bien des régions sans rien trouver. Un beau jour, deux d'entre eux en rencontrèrent deux autres, et ils décidèrent de faire route ensemble un certain temps. Les quatre cavaliers traversèrent un vaste champ à l'entrée d'une ville, où tout un groupe d'enfants jouaient à la choule[1]. Merlin était parmi eux. Rien ne lui échappait, et il remarqua les messagers de Vertigier. Il s'approcha alors d'un des garçons les plus riches de la ville, qui lui avait toujours marqué son antipathie. Haussant son bâton, il en donna un coup sur la jambe de l'enfant, qui se mit alors à l'injurier :

---

1. La *choule* est un jeu assez violent, consistant à pousser une lourde balle, soit avec le pied, soit avec un bâton recourbé garni de fer. On peut considérer que c'est l'ancêtre du football, mais aussi du hockey.

— Maudit sois-tu, fils sans père !

Les messagers, dressant l'oreille, se dirigèrent aussitôt vers l'enfant.

— Qui est celui qui t'a frappé ?

— C'est le fils d'une femme qui n'a jamais su qui était le père de son enfant. Il n'a donc pas de père, ou c'est tout comme.

Merlin l'entendit, il éclata de rire et s'approcha des messagers.

— Seigneurs, je suis celui que vous cherchez, et dont vous devez rapporter le sang au roi Vertigier.

Stupéfaits, ils se regardèrent.

— Qui t'a dit cela ? l'interrogèrent-ils.

— Je le sais parfaitement, depuis le moment même où vous l'avez juré.

— Viendras-tu avec nous, si nous te le demandons ?

— J'aurais bien trop peur d'être tué !

Merlin savait bien qu'ils n'en avaient déjà plus l'intention, mais il le disait pour entrer dans leur jeu. Il reprit :

— Mais si vous promettez de ne pas me faire de mal, je vous suivrai et je dirai au roi pourquoi sa tour ne peut tenir debout, cette tour pour laquelle vous vouliez mon sang.

— Cet enfant tient des propos extraordinaires, se dirent-ils entre eux, frappés d'étonnement. Ce serait une faute trop grave de le tuer. Il vaut mieux nous parjurer[1].

— Seigneurs, leur dit Merlin, venez avec moi

---

1. *Se parjurer*, c'est faire un faux serment, ou ne pas faire ce que l'on a juré par serment. Ici, les messagers ont juré sur les reliques de tuer l'enfant.

jusqu'à la demeure de ma mère. Je ne pourrai vous suivre sans sa permission, et celle du prêtre qui la conseille.

— Nous te suivrons où tu voudras.

Merlin les emmena au couvent de nonnes[1] où vivait sa mère, et il demanda qu'on les reçoive. On leur fit bon accueil et, dès qu'ils eurent mis pied à terre, l'enfant les mena auprès de Maître Blaise.

— Blaise, voici les personnes dont je t'ai annoncé la venue. Comme je te l'avais prédit, ils me cherchaient pour me tuer.

Puis, se tournant vers les messagers, il ajouta :

— Seigneurs, je vais dire à ce saint homme quelles sont vos intentions et ce que je vous demande en retour. Vous lui confirmerez que c'est bien l'entière vérité. Soyez sûrs que si vous mentez, je m'en apercevrai.

— Oui, raconte-lui l'histoire. Quant à nous, sois certain que nous ne mentirons pas.

— Écoute donc bien, dit Merlin à Blaise, ce que sont venus faire ces hommes. Seigneurs, vous appartenez à un roi appelé Vertigier. Ce roi veut faire bâtir une tour, mais à peine a-t-elle atteint trois ou quatre toises qu'elle s'écroule.

« Le roi a fait appel à des clercs pour en savoir la raison. Sept d'entre eux ont prétendu l'éclairer. Ils ont consulté les astres, mais, en fait, ils n'ont pu percer le mystère de la tour. En revanche, ils ont appris mon existence et ont pensé que je pouvais leur nuire. Ils ont alors formé le projet de me faire tuer et ont affirmé

---

1. Au Moyen Âge, on appelle *nonnes* les religieuses : des femmes vivant dans un *couvent*, ou monastère.

au roi que le seul moyen de faire tenir la tour était de mêler à son mortier le sang de l'enfant né sans père. Vertigier, impressionné par leur réponse, a cru qu'ils disaient la vérité, et il a ordonné, conformément à leur demande, qu'on me recherche, mais sans m'amener devant lui. Les messagers devaient donc me tuer et apporter au roi mon sang. Ces quatre-là m'ont finalement trouvé. Je savais bien qu'ils étaient en quête de moi, et je me suis fait connaître alors en frappant un autre enfant pour qu'il me nomme en m'injuriant. J'étais sûr qu'en m'entendant traiter de « fils sans père », ils sauraient qu'ils avaient atteint leur but. Et maintenant, mon cher maître, demande-leur si j'ai dit la vérité.

À la question de Blaise, ils répondirent d'une seule voix :

— Il a dit la vérité. Tout s'est passé ainsi.

— Si cet enfant vit, s'écria Blaise, il sera un grand sage. Quel malheur si vous l'aviez tué !

— Seigneur, plutôt nous parjurer et voir nos biens confisqués par le roi ! Cet enfant, qui sait tout, connaît nos intentions les plus cachées.

— Puis-je être sûr, demanda Blaise à Merlin, qu'ils n'ont pas l'intention de te tuer ?

— Je le sais en toute certitude, répliqua Merlin en riant. Dieu merci, ils n'en ont aucune envie.

— C'est exact, répondirent les messagers. Mais viendrez-vous avec nous, cher enfant ?

— Oui, sans hésiter, si vous jurez de me conduire en toute sécurité devant le roi, pour que je puisse lui parler.

Ils lui firent cette promesse.

— Merlin, dit alors Blaise, je vois bien que tu veux me quitter. Que dois-je faire désormais de l'œuvre que tu as voulu que j'entreprenne pour toi ?

— Je vais te répondre franchement. Dieu m'a donné tant de sagesse et d'intelligence que le diable, qui croyait m'avoir à son service, m'a perdu. Dieu m'a choisi comme serviteur, et tu vois bien que personne ne peut faire ce que je fais. Je dois aller dans ce pays, auprès du roi dont les envoyés sont venus me chercher. J'y deviendrai l'homme le plus écouté de la Terre, excepté Dieu. Tu y viendras à ton tour pour mener à bien l'œuvre que tu as commencée, mais tu ne resteras pas auprès de moi. Tu iras seul dans un pays appelé Northumberland. C'est une terre sauvage, recouverte de grandes forêts, et en partie inexplorée, car elle compte peu d'habitants. Tu vivras là et je viendrai t'y retrouver. Je te raconterai alors tout ce que tu dois savoir pour poursuivre ton œuvre. Ta tâche sera lourde, mais ta récompense magnifique. Après ta mort, tu connaîtras la béatitude éternelle[1], et, sur Terre, on écoutera avec plaisir la lecture de ton livre, et cela, jusqu'à la fin du monde. Pour moi, sache que Dieu m'a préparé une tâche considérable dans le royaume où j'irai. Je dois travailler à l'avènement d'un roi qui naîtra d'un lignage[2] aimé de Dieu.

---

1. La *béatitude éternelle* est le bonheur parfait que l'on peut connaître au Paradis.

2. Le *lignage* est l'ensemble de personnes descendant d'un même ancêtre. Le lignage en question ici est celui du roi Constant.

Ce règne béni ne viendra qu'avec le quatrième roi de ce lignage, qui s'appellera Arthur. Mais maintenant, va où je t'ai dit. Je te rendrai souvent visite pour te dicter ce qu'il faut consigner dans ton livre. Cette histoire de ma vie et du royaume d'Arthur, nul homme – fou ou sage – ne l'entendra sans être rempli d'admiration.

Ainsi parla Merlin à son maître. Il l'appelait maître car Blaise était un saint homme et le conseiller de sa mère.

— Tout ce que tu me demandes, je le ferai, répondit Blaise.

Merlin vint alors trouver sa mère, en compagnie des messagers.

— Ma chère mère, voici qu'on est venu me chercher d'un royaume lointain. Je veux y aller, avec votre permission, car il est temps que je rende à Dieu ce qu'il m'a donné, en me mettant à son service. Nous devons donc nous séparer. Blaise, votre maître, s'en ira aussi.

— Mon cher fils, que Dieu vous protège ! Il n'est pas dans mon pouvoir de vous garder, je ne le dois ni ne le veux. Mais j'aimerais que Blaise reste.

— Cela n'est pas possible, répondit Merlin.

Il prit donc congé de sa mère et partit avec les envoyés du roi. Blaise, lui, se rendit en Northumberland, comme il en avait reçu l'ordre.

Merlin prit donc la route avec les quatre messagers. Ils traversèrent un jour une ville où se tenait un marché. À la sortie de la ville, ils aperçurent un paysan qui avait fait l'achat d'une paire de souliers et d'une grande pièce de cuir. Il devait partir en pèlerinage[1] et voulait emporter avec lui ce cuir pour réparer ses chaussures quand elles seraient en mauvais état. Quand Merlin vit le paysan, il se mit à rire. Les messagers lui demandèrent pourquoi il avait ri.

— C'est à cause de ce paysan. Demandez-lui ce qu'il compte faire de ce cuir, et il vous dira que c'est pour réparer ses souliers. Suivez-le alors, et vous verrez qu'il mourra avant d'arriver chez lui.

— Nous allons bien voir si cela est vrai, dirent les messagers, fort étonnés de la prédiction.

Ils rattrapèrent le paysan et lui demandèrent ce qu'il comptait faire du cuir. Il leur répondit qu'il allait partir en pèlerinage, et qu'il aurait certainement à réparer un jour ses souliers.

C'était les paroles mêmes de Merlin. Stupéfaits, ils se regardèrent.

— Cet homme semble pourtant en parfaite santé ! Deux d'entre nous vont le suivre. Les deux autres poursuivront leur route avec l'enfant et attendront au prochain gîte. Nous verrons bien ce qui se passera.

Ainsi fut fait. Deux messagers suivirent le paysan. Ils n'avaient pas fait une lieue[2] qu'ils virent l'homme tomber mort au milieu de la route, ses souliers sous le bras. Après avoir constaté qu'il était bien mort, ils rejoignirent leurs compagnons, à qui ils racontèrent cette nouvelle étonnante.

---

1. Les *pèlerinages* vers les lieux saints (Jérusalem, Rome, Saint-Jacques de Compostelle...) sont nombreux et très appréciés au Moyen Âge. On part pour fort longtemps et on marche à pied, ce qui explique les précautions du paysan.
2. Unité de distance. La *lieue* mesure environ 4 km.

— Tout ce qui avait été prédit s'est réalisé. Et dire que les clercs ont ordonné de tuer un enfant d'une telle sagesse !

— Plutôt être livrés au supplice que d'obéir !

Ils discutaient ainsi, persuadés que Merlin, qui chevauchait à l'écart, n'en savait rien. Mais celui-ci se rapprocha d'eux pour leur dire :

— Merci à vous, chers seigneurs, pour les paroles que vous venez de prononcer.

— Et qu'avons-nous dit pour mériter des remerciements ?

Quand l'enfant leur eut rapporté leurs propos, ils s'exclamèrent, émerveillés :

— Nous ne pouvons rien faire ou dire sans qu'il le sache !

Ils chevauchèrent durant de longues journées et parvinrent au royaume de Vertigier. Comme ils passaient devant une ville, ils aperçurent un cortège : on enterrait un enfant. Hommes et femmes suivaient le corps, en proie à une grande douleur. En entendant les prêtres et les clercs chanter leurs cantiques[1], en voyant la foule se lamenter, Merlin s'arrêta et se mit à rire. Tout surpris, les messagers lui demandèrent pourquoi :

— N'as-tu pas pitié de ces gens dans la douleur ?

— Je ris d'un spectacle bien curieux.

— Et lequel ?

— Voyez-vous cet homme qui pleure et se lamente, en proie au désespoir ?

---

1. Les *cantiques* sont des chants religieux chantés lors des cérémonies chrétiennes, et parmi elles les enterrements.

— Oui, bien sûr.

— Et ce prêtre qui chante, en tête du cortège ?
C'est lui qui devrait être désespéré, et non l'autre.

— Et pourquoi ?

— Eh bien, en voici la raison : l'enfant défunt,
pour qui le prêtre chante l'office des morts, est en
réalité son fils, et il n'a aucun lien de parenté avec
celui qui se désole si fort. N'est-ce pas un spectacle
peu ordinaire ?

— Comment en être sûr ?

— Allez donc trouver la mère. Demandez-lui
pourquoi son mari pleure et se lamente, et elle vous
dira que c'est à cause de la mort de son fils. « Dame,
lui direz-vous, nous savons que cet enfant n'est pas le
sien, mais celui du prêtre qui chante si bien l'office.
Le prêtre lui-même le sait fort bien, ainsi que le jour
où il a été engendré. »

Les messagers allèrent trouver la femme et la prirent à part, lui répétant les paroles de Merlin. Elle fut
épouvantée :

— Chers seigneurs, pitié, au nom de Dieu ! Oui,
je vous avouerai tout, car c'est l'entière vérité. Mais,
pour l'amour du Ciel, ne dites rien à mon mari, car
il me tuerait !

Ils la laissèrent pour aller retrouver Merlin.

— Vraiment, se disaient-ils, nous n'avons jamais
vu pareil devin[1].

_____

1. Le *devin* est celui qui a le pouvoir de deviner l'avenir et
de le prédire. Merlin est fréquemment appelé *devin* ou *prophète*.
Le *rire* accompagne souvent ses prophéties.

5

Les deux dragons

Poursuivant sa route, la petite troupe finit par arriver à une journée de la demeure de Vertigier.

— Merlin, lui dirent les messagers, que dirons-nous à notre maître ? Il nous reprochera sans doute de ne pas t'avoir tué. Sa colère peut être terrible, contre toi et contre nous.

— Seigneurs, je vois bien que vous voulez me venir en aide. Voici ce que vous allez faire : vous irez voir Vertigier et vous lui direz que vous m'avez trouvé. Racontez-lui ce que vous avez pu observer de mes talents de devin. Dites-lui que je lui révélerai pourquoi sa tour s'écroule, à condition qu'il fasse subir à ses clercs le traitement qu'ils me réservaient. Je lui révélerai aussi pourquoi ils avaient décidé ma mort. Faites sans aucune crainte ce qu'il vous demandera.

Les messagers arrivèrent donc à la tombée de la nuit et allèrent s'héberger chez des parents avec Merlin. Dès le lendemain matin, deux d'entre eux se rendirent chez Vertigier, qui fut très heureux de les recevoir.

— Comment avez-vous mené mon affaire ?

— De notre mieux, seigneur.

Ils lui racontèrent leurs recherches et comment ils avaient pu trouver Merlin, mais seulement parce que celui-ci l'avait bien voulu. « Il est venu volontairement avec nous », conclurent-ils.

— Mais qui est ce Merlin dont vous me parlez ? Ne deviez-vous pas chercher l'enfant sans père et me rapporter son sang ?

— Seigneur, l'enfant sans père, c'est justement ce Merlin. Sachez que c'est l'être le plus sage, le meilleur devin qu'on ait jamais vu au monde. Il nous a dit de lui-même que nous venions pour le tuer. Vos ordres et nos serments, il les connaissait et nous les a exposés. Il a ajouté que les clercs ignoraient pourquoi votre tour s'écroule et que lui pourrait vous en expliquer la cause. Il nous a appris et montré bien des choses extraordinaires et nous a envoyés à vous car il désire vous parler. Mais si vous y tenez absolument, nous pouvons encore le tuer : deux de nos compagnons sont restés avec lui pour le garder.

— Seigneurs, si vous me garantissez sur votre vie que Merlin pourra nous montrer, à vous comme à nous, pourquoi ma tour s'écroule, il aura la vie sauve.

— Nous nous en portons garants.

— Alors, allez le chercher ! Je consens à lui parler.

Les messagers retournèrent auprès de Merlin, qui, à leur vue, éclata de rire :

— Seigneurs, vous vous êtes portés garants de moi sur votre propre vie.

— C'est vrai. Nous préférons risquer nos vies plutôt que de te tuer.

— Sachez que je saurai vous protéger pour cet engagement.

Ils rejoignirent le roi. Quand Merlin fut en présence de Vertigier, il le salua et lui dit aussitôt :

— Vertigier, je veux te parler à part. Seuls resteront avec nous les messagers qui m'ont escorté.

Le roi accepta. Quand le petit groupe fut réuni à l'écart, Merlin s'adressa à Vertigier :

— Seigneur roi, tu m'as envoyé chercher à cause de ta tour qui s'écroule. Sur les conseils des clercs qui t'assuraient qu'elle ne pourrait tenir qu'avec mon sang, tu as donné l'ordre de me tuer. Eh bien, sache que tes clercs ont menti. S'ils avaient dit que ta tour tiendrait grâce à ma science, ils auraient dit la vérité. Promets-moi de leur faire subir le sort qu'ils me destinaient, et je te révélerai alors pourquoi la tour s'écroule et comment y remédier, si c'est ton désir.

— Si tu peux m'éclairer comme tu le prétends, alors je ferai des clercs ce que tu voudras.

— Si je mens d'un seul mot, tu pourras me retirer toute confiance. Alors, fais comparaître tes clercs ! Je leur demanderai pourquoi ta tour s'écroule et vous pourrez tous voir qu'ils seront sans explication.

Tout le petit groupe se rendit jusqu'à la tour. Les clercs y avaient été convoqués. Merlin demanda alors à l'un des messagers de leur poser la question :

— Seigneurs, pourquoi, d'après vous, la tour s'écroule-t-elle ?

— Nous ne le savons pas. Mais nous avons indiqué au roi le moyen de la faire tenir.

— Un moyen bien étonnant, releva Vertigier. Vous m'avez proposé de rechercher un enfant né sans père. Je suis bien en peine de le trouver.

— Seigneurs, intervint Merlin, vous avez pris le roi pour un fou ! En l'engageant à rechercher l'enfant sans père, vous ne pensiez qu'à votre propre intérêt. Vous aviez tout simplement peur de mourir, car vous aviez lu dans les astres que cet enfant devait être la cause de votre mort. Pris de frayeur, vous avez fait croire au roi que sa tour tiendrait si l'on mélangeait au mortier le sang de l'enfant.

Devant ces stupéfiantes révélations, les astrologues furent saisis de terreur. Leur secret dévoilé, ils comprirent que leur mort était inévitable.

— A-t-il dit vrai ? demanda le roi.

— Seigneur, que Dieu nous pardonne, c'est la pure vérité. Mais nous ignorons d'où il peut tenir une science si prodigieuse. Nous vous supplions, puisque vous êtes notre seigneur, de nous laisser vivre encore assez pour connaître la vérité à propos de cette tour.

— Soyez tranquilles, répondit Merlin, vous ne mourrez pas sans savoir pourquoi elle s'écroule.

Puis il se retourna vers le roi ;

— Veux-tu comprendre pourquoi ta tour s'écroule et qui la met à terre ? Je vais te l'expliquer clairement. Sais-tu ce qu'il y a sous cette terre ? Une grande nappe d'eau dormante, et par-dessous deux dragons aveugles, l'un blanc, l'autre roux, sur lesquels pèsent deux gros rochers. Ils sont tous deux énormes, et chacun d'eux connaît l'existence de l'autre. Quand la tour s'élève, son poids, allié à celui de l'eau, devient insupportable, et les deux dragons se retournent, soulevant les rochers avec une force incroyable et agitant la nappe d'eau qui est au-dessus d'eux. C'est ainsi que ta tour s'écroule. Fais examiner le sol à cet emplacement, et, si je n'ai pas dit la vérité, fais-moi tuer ! Mais si tout cela est exact, laisse aller mes garants et fais mettre en accusation tes clercs, qui sont des incapables.

— Merlin, fit le roi, si tu dis vrai, tu es l'homme le plus sage du monde. Mais dis-moi, comment procéderai-je pour déblayer toute cette terre ?

— Tu prendras des hommes pour creuser le sol, ainsi que des charrettes avec des chevaux, pour porter plus loin les décombres.

Le roi fit mettre au travail les ouvriers et leur procura tout le nécessaire. Les gens du pays pensèrent que l'entreprise était insensée, mais personne n'osa le dire à cause de Vertigier. Les terrassiers travaillèrent longtemps au déblaiement, et ils finirent par atteindre une nappe d'eau, qu'ils mirent à jour. On informa le roi de ce succès et, tout heureux, il vint voir cette extraordinaire découverte en compagnie de Merlin. Contemplant l'eau vaste et profonde, il dit à ses conseillers :

— Cet homme est d'une grande sagesse, lui qui m'a révélé la présence de cette nappe d'eau. Quoi qu'il puisse m'en coûter, je ne reculerai devant rien pour découvrir aussi les deux dragons.

Se tournant vers Merlin :

— Tu ne t'es pas trompé pour l'eau, mais as-tu dit vrai aussi pour les dragons ?

— Tu le sauras quand tu les verras.

— Mais comment faire enlever cette eau ?

— Il faut que tu la fasses écouler loin d'ici, en la drainant à travers champs par des canaux profonds.

On donna l'ordre de creuser de grands fossés, et l'eau commença à s'écouler.

— Roi, dit Merlin, apprends ceci : dès que les dragons qui sont sous cette eau flaireront leur présence mutuelle, ils se précipiteront l'un contre l'autre pour s'entre-tuer. Convoque ici les personnages les plus importants de ton royaume pour assister à la bataille, car elle sera lourde de signification.

Le roi accepta volontiers, et fit venir tous les notables du royaume, les clercs comme les laïcs. Quand ils furent tous rassemblés, Vertigier leur fit connaître les révélations de Merlin et la prochaine bataille des deux dragons.

— Ce sera un spectacle peu ordinaire, se dirent-ils entre eux. Mais Merlin a-t-il désigné celui qui serait vainqueur ?

— Pas encore.

Les terrassiers avaient terminé l'évacuation de l'eau. Quand la nappe fut épuisée, les deux rochers apparurent.

— Vois-tu ces deux blocs de pierre ? dit Merlin au roi.

— Oui, assurément.

— Les deux dragons sont en dessous.

— Et comment les faire sortir de là ?

— Très facilement. Ils ne bougeront pas tant qu'ils n'auront pas senti la présence l'un de l'autre. Alors seulement ils se battront jusqu'à la mort de l'un d'entre eux.

— Et lequel sera vaincu ? Peux-tu me le dire ?

— Ce combat et son issue sont lourds de signification. Je te dirai ce que j'en sais, mais en privé, devant trois ou quatre de tes amis.

Le roi fit appeler quatre hommes de confiance et leur répéta les paroles de Merlin. Ils conseillèrent de lui faire désigner le vainqueur avant le combat.

— Vous avez raison, fit Vertigier. Après la bataille, il pourrait me dire tout ce qu'il voudrait !

Il fit venir Merlin.

— Merlin, dis-moi maintenant lequel des dragons sera vaincu.

— Ces quatre hommes sont bien tes proches conseillers ?

— Oui, plus qu'aucun autre.

— Je vais donc répondre en leur présence. Sachez que le dragon blanc tuera le roux. Après un début de combat difficile, il finira par l'emporter, et cette victoire sera riche de signification. Mais je ne vous en dirai pas plus avant la fin de la bataille.

Les ouvriers se dirigèrent alors vers les rochers pour les soulever. Ils dégagèrent d'abord le dragon blanc, qui leur parut si farouche et si hideux qu'ils reculèrent, remplis d'effroi. Mais ils furent encore plus épouvantés quand ils firent sortir le dragon roux, car il était énorme, encore plus féroce et redoutable que l'autre. Vertigier pensa en le voyant qu'il avait toute chance d'être le vainqueur.

— Vertigier, fit alors Merlin, mes garants ont-ils été libérés ?

— C'est chose faite, dit le roi.

Les dragons s'approchèrent l'un de l'autre assez

près pour se flairer. Dès que l'un eut reniflé la croupe de l'autre, il se rua sur lui, qui riposta aussitôt à coups de dents et de pattes griffues. Jamais, de mémoire d'homme, on n'avait vu des bêtes se battre avec une telle férocité. La bataille dura une journée, puis une nuit entière, et encore le lendemain jusqu'à midi. Les spectateurs étaient persuadés que le roux tuerait le blanc, lorsque, des naseaux et de la gueule du blanc, jaillit un feu ardent qui vint brûler le roux. Lorsque ce dernier fut mort, le blanc se retira à l'écart pour se coucher sur le flanc. Il devait mourir trois jours plus tard. Quand cet extraordinaire combat eut pris fin, Merlin s'adressa au roi :

— Tu peux maintenant faire bâtir ta tour, Vertigier, aussi haute que tu le voudras. Elle ne risque plus de s'effondrer.

Le roi ordonna à ses ouvriers de construire la tour, aussi haute, solide et imposante que possible. Puis il demanda à Merlin ce que signifiaient les deux dragons, et comment le blanc avait pu tuer le roux, qui avait eu l'avantage si longtemps.

— Ces deux dragons et leur combat figurent des événements passés et à venir. Mais si je te révèle le sens de ces signes, peux-tu me donner l'assurance qu'aucun mal ne me sera fait, ni par toi, ni par personne dans ton royaume ? À cette condition seulement, je te l'expliquerai, en présence de tes conseillers les plus proches.

Vertigier lui ayant promis qu'il aurait toutes les garanties souhaitées, Merlin lui fit réunir ses conseillers, et avec eux les astrologues qui avaient comploté sa mort.

— Seigneurs, dit-il aux clercs, vous avez tenté d'interroger les astres et vous n'avez rien trouvé de ce qu'on vous demandait, incapables que vous êtes ! Pauvres fous, qui vous mêlez d'astrologie sans être en même temps justes et vertueux ! C'est parce que vos cœurs sont pleins de vice que vous avez échoué dans votre entreprise. Votre seule découverte a été celle de mon existence. Or, celui qui vous l'a révélée est le diable, qui ne se console pas de m'avoir perdu. Il aurait bien aimé que vous réussissiez à me tuer ! Mais je sers Dieu, un maître puissant qui m'a protégé des ruses du diable. Cependant, je ne souhaite pas votre mort, et je vous l'éviterai, si vous me faites une promesse.

Bien soulagés d'apprendre qu'ils échapperaient à la mort, les clercs lui répondirent d'une seule voix :

— Nous ferons tout ce que tu commanderas, car nous voyons bien que tu es l'être le plus sage du monde.

— Promettez-moi de ne plus pratiquer cette science, car vous voyez que l'Ennemi peut l'utiliser pour son profit. Confessez-vous et menez une sainte vie. Si vous vous engagez à tout cela, je vous laisserai partir.

Ils le remercièrent et promirent d'observer toutes ses recommandations.

Les conseillers du roi admirèrent beaucoup la générosité dont Merlin avait fait preuve envers les clercs. Mais Vertigier ne pensait qu'à une chose : savoir ce qu'il en était des deux dragons.

— Tu dois me dire ce que signifient ces deux

dragons. Je te croirai, car tu as bien montré que tu étais l'homme le plus sage du monde.

— Vertigier, le dragon roux, c'est toi, et le dragon blanc, les fils de Constant.

Cette réponse remplit de honte Vertigier, et Merlin s'aperçut de son trouble.

— Si tu le souhaites, je peux m'arrêter ici. Je ne continuerai pas, si tu dois m'en vouloir.

— Merlin, tous ces hommes que voici sont mes conseillers, et je ne veux rien leur dissimuler. Ne m'épargne pas, et dévoile entièrement ce que signifient les deux dragons.

— Comme tu le sais, les fils de Constant étaient fort jeunes à la mort de leur père. Ton devoir était de les conseiller et de les protéger. Mais tu t'es gagné l'amitié des gens du royaume en profitant de leurs richesses, et tu as refusé d'aider le roi Moine quand il avait besoin de toi contre les Saxons. Lorsque les barons de ce pays sont venus te trouver pour te dire que le roi était incapable de gouverner et qu'ils te voulaient à sa place, tu leur as perfidement répondu que tu ne pouvais être roi tant que Moine serait en vie. Ce jour-là, tu as trahi ton serment de vassal[1]. Ces hommes ont tué leur roi parce qu'ils pensaient suivre ta volonté. Les enfants qui restaient ont eu peur, et ils sont partis en exil. Toi, tu es devenu roi en t'emparant de la terre qui leur revenait. Quant à cette tour, tu l'as fait construire pour te défendre de tes ennemis, mais elle ne pourra te protéger contre tes propres crimes.

---

1. Le *vassal* prête serment d'aide et de fidélité à son suzerain.

Le roi avait écouté avec attention. Il comprenait la justesse de ces propos.

— Merlin, je sais que tu es l'homme le plus sage du monde. Dis-moi donc, je t'en supplie, comment je pourrai me protéger, et sinon, de quelle mort je mourrai.

— La réponse est dans le combat des deux dragons. Le grand dragon roux, c'est toi et tes mauvaises intentions. Sa taille et sa force figurent ta puissance, qui est grande. L'autre, le blanc, représente les deux jeunes héritiers qui ont dû s'enfuir à cause de toi. Si le combat a été aussi long, c'est que tu as longtemps été le maître de ce royaume. Tu as vu enfin que le blanc brûlait le roux : les deux enfants te feront brûler. Et ne va pas croire que ta tour te permettra d'échapper à ton destin.

Vertigier fut rempli d'épouvante.

— Mais où sont donc ces deux enfants, Merlin ?

— Ils sont en train de franchir la mer. Ils ont embarqué dans des nefs[1] avec de gros effectifs, et regagnent leur pays pour se venger de toi. Ils t'accusent, à juste titre, d'avoir fait périr leur frère, et ils veulent te tuer à ton tour. Dans trois mois, ils débarqueront au port de Wincestre[2].

— Et y a-t-il quelque chose à faire contre cela ? dit Vertigier, accablé.

— Non. Rien n'empêchera que tu sois brûlé par

---

1. Ancien nom donné aux bateaux.
2. Nom ancien de *Winchester*, ville du sud-ouest de l'Angleterre. Ce n'est pas un port, en réalité, mais Robert de Boron semble l'ignorer.

le feu des enfants de Constant, comme tu as vu le dragon roux brûlé par le feu du blanc.

C'est ainsi que Merlin révéla à Vertigier l'arrivée des enfants de Constant, et la signification des deux dragons.

Le roi convoqua ses troupes à Wincestre pour la date indiquée, et il les rassembla le long du rivage. Ses hommes ignoraient pourquoi ils étaient là. Seuls étaient au courant les conseillers présents à l'entretien avec Merlin. Merlin lui-même n'était plus présent. Aussitôt après ses révélations sur le mystère de la tour et des deux dragons, il avait pris congé du roi, lui déclarant qu'il avait rempli sa mission. Il avait gagné le Northumberland et retrouvé Blaise, pour lui rapporter ces événements. C'est ainsi que, par son livre, nous avons pu en avoir connaissance. Merlin devait demeurer de longues années auprès de Blaise, jusqu'au jour où les fils de Constant vinrent le chercher.

Le roi, de son côté, attendait de pied ferme l'arrivée des fils de Constant. Le jour-même prédit par Merlin, les habitants de Wincestre virent apparaître sur la mer les voiles des bateaux. Vertigier leur avait donné l'ordre de s'armer pour défendre le port. Mais quand les navires eurent accosté, quelle ne fut pas leur surprise de voir à leur bord les gonfanons[1] royaux. Ils demandèrent à leurs occupants à qui appartenaient ces bateaux.

---

1. Sorte de drapeau que l'on fixe à la lance. Il sert à reconnaître ceux de son camp dans la bataille.

— À Pendragon et à son frère Uter, répondit l'équipage. Les enfants de Constant rentrent dans leur royaume que Vertigier, ce traître, cet usurpateur, leur a volé il y a longtemps déjà. Il a fait assassiner leur frère Moine, et ils viennent en prendre vengeance.

Quand les hommes, sur le rivage, apprirent que c'étaient les fils de leur légitime seigneur qui revenaient à la tête d'une grande armée, ils comprirent que la bataille pourrait leur coûter cher. Ils vinrent le dire à Vertigier. Le roi vit que ces hommes allaient prendre le parti de Pendragon et l'abandonner. Il prit peur et ordonna aux troupes qui ne pouvaient le trahir – celles que lui avait envoyées Hengist le Saxon – de se replier avec lui vers la tour qu'il avait fait construire.

Les navires avaient abordé. Les chevaliers débarquèrent tout armés avec des troupes nombreuses. De là, ils marchèrent aussitôt vers la tour fortifiée. Beaucoup, dans le pays, voyant en Pendragon et Uter leurs seigneurs légitimes, se rallièrent aux fils de Constant. Les partisans de Vertigier s'enfermèrent avec lui dans la forteresse et tentèrent de résister. Mais les assaillants menaient l'attaque avec vigueur. Dans un ultime assaut, Pendragon finit par mettre le feu à la tour. L'incendie surprit les assiégés. Beaucoup furent brûlés vifs et Vertigier périt dans les flammes.

6

Les fils de Constant

Voici comment les jeunes gens se rendirent maîtres du pays. Après avoir pris la forteresse de Vertigier, ils firent connaître leur retour dans tout le royaume et aussitôt, le peuple prit leur parti. Ils se souvenaient avec nostalgie du règne de Constant, et ils étaient prêts à accueillir ses héritiers avec enthousiasme. Les deux frères furent ainsi rétablis dans leurs droits, et Pendragon, l'aîné, fut couronné. Ce fut un bon roi, généreux, loyal et respectueux des lois.

Mais les Saxons, que Vertigier avait attirés dans le royaume, étaient restés maîtres de plusieurs places fortes. De là, ils ne cessaient de harceler les populations. La guerre se poursuivit longtemps, donnant l'avantage tantôt aux uns, tantôt aux autres. Pendragon alla assiéger le château de Hengist. Au bout d'un an de siège infructueux, le roi réunit ses conseillers pour examiner avec eux la situation : il était temps d'en finir et de s'emparer de la forteresse.

Il y avait là cinq hommes, qui, des années auparavant, avaient assisté au conseil tenu par Vertigier au sujet des dragons. Ils avaient entendu les prédictions de Merlin sur le retour des fils de Constant et la fin de l'usurpateur. Ils rapportèrent à Pendragon et à Uter les révélations inouïes qui avaient été faites alors par l'enfant prophète.

— C'est le plus sage devin qu'on ait jamais vu, assurèrent-ils. S'il le voulait, il pourrait vous dire comment prendre ce château.

— Mais où demeure-t-il ? demanda Pendragon.

— Seigneur, nous ne saurions vous le dire exactement. Mais quand on parle de lui, il le sait, cela est certain. S'il réside dans le pays, et s'il le veut bien, il viendra.

— Je me charge de le trouver, conclut Pendragon.

Et il envoya aussitôt ses messagers dans tout le royaume en quête du devin.

Merlin connut immédiatement les ordres donnés par le roi. Après avoir parlé à Blaise, il se rendit au plus vite dans une cité où il savait trouver les messagers à sa recherche. Il entra dans la ville sous l'apparence d'un bûcheron[1], une grosse cognée au cou, chaussé de hautes bottes de cuir. Il était vêtu d'une courte tunique en lambeaux et complètement hirsute,

---

1. Le *bûcheron* passe sa vie au fond des bois, et suscite une certaine crainte. Il est souvent dépeint, au Moyen Âge, comme le type même de l'homme sauvage.

avec des cheveux longs ébouriffés et une grande barbe. Il avait vraiment l'air d'un homme sauvage. Il se rendit à la maison où étaient hébergés les messagers. Ceux-ci l'examinèrent avec étonnement.

— Voilà un homme à l'allure bien effrayante ! se dirent-ils.

— Seigneurs, dit Merlin en s'approchant, vous ne faites pas très bien votre travail. Votre maître ne vous a-t-il pas ordonné de chercher le devin nommé Merlin ?

— Quel diable a bien pu renseigner ce rustre sur notre mission ?

— Si c'était moi qui en avais été chargé, reprit le bûcheron, je l'aurais trouvé bien avant vous !

Les messagers le pressèrent aussitôt de questions. L'avait-il vu ? Où était-il ?

— Je l'ai vu, et je sais où il est. Lui sait bien que vous êtes à sa recherche, mais vous ne le rencontrerez que si telle est sa volonté. Il m'a chargé de vous dire que vous perdiez votre temps, car même si vous le trouviez, il ne vous suivrait pas. Lorsque vous serez de retour auprès de votre maître, dites-lui qu'il ne prendra pas ce château avant la mort de Hengist. Quant à ceux qui ont conseillé de chercher Merlin, ils étaient cinq. Ils ne seront plus que trois à votre retour. À ces trois-là et à Pendragon, vous direz également ceci : s'ils viennent dans cette forêt, ils rencontreront Merlin. Mais si le roi ne s'y rend pas lui-même, personne ne pourra le lui amener.

Aussitôt donné cet avertissement, le bûcheron disparut.

— C'est à un diable que nous venons de parler ! dirent-ils en se signant. Qu'allons-nous faire maintenant ?

— Partons, et allons raconter tous ces faits et propos inouïs à notre maître. Nous verrons bien si deux des conseillers sont morts.

Par étapes, ils chevauchèrent jusqu'au campement du roi. Sitôt qu'il les vit, celui-ci les interrogea :

— Avez-vous trouvé celui que vous cherchiez ?

— Seigneur, nous allons tout vous raconter. Mais réunissez d'abord votre conseil, et ceux qui vous ont parlé du devin.

Ainsi fut fait. Les messagers rapportèrent leur étrange aventure et toutes les paroles prononcées par le bûcheron, ainsi que la prédiction faite sur les conseillers. Quand le roi demanda de leurs nouvelles, il lui fut répondu que deux d'entre eux étaient morts. Tous furent stupéfaits. Qui pouvait être cet homme si repoussant et effrayant qui avait parlé aux messagers ? Ils ignoraient en effet que Merlin avait le pouvoir de changer d'apparence. Mais ils se doutaient que nul autre que lui n'était capable de tels prodiges.

— Seigneur, dirent les conseillers au roi, nous pensons que c'est à Merlin en personne que vos envoyés ont parlé. Lui seul pouvait prédire la mort de Hengist. Mais dans quelle ville l'avez-vous rencontré ? demandèrent-ils aux messagers.

— Dans le Northumberland. Il s'est présenté à nous de lui-même.

Convaincus maintenant qu'il s'agissait bien de Merlin, les trois barons survivants conseillèrent au roi d'aller lui-même le chercher, puisque tel semblait être le désir du devin. Pendragon confia alors le siège de la forteresse à son frère Uter et partit pour le Northumberland, afin de fouiller les profondes forêts dont avait parlé le bûcheron.

Une fois sur place, il interrogea tous ceux qu'il rencontrait, mais en vain. Il résolut donc de pénétrer dans les forêts et de les parcourir en tous sens. Un beau jour, un de ses compagnons croisa un grand troupeau de bêtes, gardé par un homme hideux et difforme. Il lui demanda qui il était.

— Je suis du Northumberland, au service d'un seigneur dont je garde les troupeaux.

— Et pourrais-tu me renseigner sur Merlin ?

— Non, mais j'ai rencontré hier un homme qui m'a dit que le roi viendrait le chercher aujourd'hui dans cette forêt. Qu'en est-il ?

— C'est vrai, le roi est ici même à sa recherche. Mais saurais-tu me dire où est cet homme ?

— C'est au roi que je veux parler, et non à vous.

— Eh bien, je vais te conduire auprès de lui.

— Et mes bêtes ? Je ferais un bien mauvais gardien ! D'ailleurs, je n'ai pas besoin de lui, c'est lui qui a besoin de moi. Mais s'il venait jusqu'à moi, je le renseignerais volontiers.

— Je vais te l'amener.

Le jeune homme partit retrouver le roi et lui relata sa rencontre. Puis, à sa demande, il le conduisit auprès du gardien de troupeau.

— Voici le roi que je t'amène. Parle-lui, comme tu me l'as proposé.

— Seigneur, dit le berger au roi, je sais que vous cherchez Merlin. Mais vous ne le trouverez pas avant

71

qu'il n'y consente. Retournez donc dans une de vos bonnes villes, proche d'ici ; il viendra à vous quand il saura que vous l'attendez.

— Me dis-tu bien la vérité ? Comment en être sûr ?

— Si vous ne me croyez pas, n'en faites rien ! C'est folie, en effet, de suivre un mauvais conseil.

— C'est donc un mauvais conseil que tu me donnes ?

— Mais non, c'est vous qui le dites ! Sachez-le bien, on ne saurait imaginer meilleur conseil.

Le roi choisit de le croire et alla s'installer dans une de ses villes, la plus proche de la forêt. Un jour, un homme se présenta, bien vêtu et bien chaussé, et de fort bonne allure. Il s'adressa à un chevalier :

— Seigneur, conduisez-moi auprès du roi.

On l'amena devant Pendragon.

— Seigneur, dit-il, une fois en sa présence, Merlin m'envoie pour vous faire savoir que le gardien des bêtes n'était autre que lui. Il vous a dit, vous vous en souvenez, qu'il viendrait vous parler. Il n'a pas menti, mais il ne se présentera à vous que lorsque vous en aurez vraiment besoin.

— Mais j'ai grand besoin de lui ! C'est l'homme au monde que je désire le plus connaître !

— Dans ce cas, voici la bonne nouvelle qu'il vous fait savoir par ma bouche : Hengist est mort. Votre frère Uter l'a tué.

— Comment est-ce possible ? s'exclama le roi, stupéfait.

— Je n'en dirai rien de plus, mais vous pouvez envoyer un messager vérifier cette information.

— C'est juste.

Pendragon fit donc partir deux messagers, sur les meilleurs chevaux, et leur donna l'ordre de se rendre au plus vite au campement pour savoir ce qu'il en était. Ils chevauchèrent à bride abattue, et en chemin ils rencontrèrent les émissaires d'Uter, qui venaient annoncer au roi la nouvelle de la mort de Hengist. Ayant échangé leurs informations, ils se joignirent à eux pour revenir auprès de Pendragon. L'homme qui était venu de la part de Merlin était déjà reparti. Les messagers du roi et ceux d'Uter racontèrent la nouvelle en privé à Pendragon, qui décida de la tenir secrète. Il voulait attendre la venue du devin pour lui demander comment avait péri Hengist.

Un jour qu'il revenait de l'église, un homme, fort bien vêtu et paré, de noble allure, l'aborda et le salua :

— Seigneur, qu'attendez-vous dans cette ville ?

— J'attends Merlin, qui doit venir me parler.

— Vous l'attendez, et vous n'êtes pas encore assez avisé pour le reconnaître quand il vous adresse la parole ! Convoquez ceux de vos conseillers qui prétendent le connaître, et demandez-leur si je puis être ce Merlin.

Le roi fit venir les trois conseillers et s'adressa à eux :

— Seigneurs, nous attendons Merlin, mais personne ici ne semble pouvoir le reconnaître. En seriez capables ?

— Seigneur, certainement, si nous le voyons.

— En êtes-vous bien sûrs ? dit l'homme qui était venu se présenter au roi.

— Nous ne prétendons pas le connaître intime-

73

ment, lui et ses secrets, mais nous savons à quoi il ressemble.

— On ne connaît pas bien un homme, lorsqu'on sait seulement à quoi il ressemble, dit l'inconnu d'un air moqueur. Et je vais vous le prouver.

Il invita alors le roi à se retirer seul avec lui dans une chambre, et il lui dit :

— Seigneur, je veux être votre ami et celui de votre frère Uter. Je suis, sachez-le, ce Merlin que vous êtes venu chercher. Quant à ces barons qui prétendent me connaître, ils ne savent rien de moi, je le démontrerai facilement. Faites venir ces prétentieux. Dès qu'ils me verront, ils diront que c'est bien moi. Mais, si j'en décidais autrement, ils seraient incapables de m'identifier.

— Merlin, fit le roi tout heureux, je ferai tout ce que tu voudras !

Il sortit de la chambre et revint avec les trois conseillers qui pensaient connaître Merlin. À leur retour, celui-ci avait repris l'apparence sous laquelle ils l'avaient vu jadis.

— Seigneur, dirent-ils aussitôt, c'est bien lui ! Nous pouvons vous l'affirmer.

— Vous en êtes certains ? dit le roi en riant.

— C'est Merlin, à coup sûr.

— Alors, vous le connaissez bien mal, puisque vous ne l'avez pas reconnu tout à l'heure quand il s'est présenté à vous !

— Seigneur, nous n'avons jamais vu un pareil mystère, répondirent-ils, confus.

Le roi fit sortir les conseillers en les remerciant,

puis il rejoignit Merlin. Ce dernier avait repris l'apparence qu'il avait en arrivant.

— Et maintenant, seigneur, déclara-t-il au roi, que voulez-vous de moi ?

— Si tu es bien Merlin, j'aimerais que tu m'accordes ton amitié et que tu restes à mes côtés pour me guider, car des personnes dignes de foi m'ont dit combien tu étais sage.

— Seigneur, je vous donnerai volontiers tous les conseils que vous me demanderez, si je le peux.

— Je voudrais savoir autre chose : t'ai-je déjà adressé la parole, depuis que je suis venu te chercher dans cette contrée ?

— Seigneur, je suis le berger qui gardait les bêtes dans la forêt, et aussi celui qui vous a appris la mort de Hengist.

Cette réponse laissa le roi tout ébahi. Il reprit :

— Merlin, comment as-tu appris la mort de Hengist ?

— Seigneur, dès votre arrivée ici, j'ai su que le Saxon voulait assassiner votre frère, et je suis allé l'en prévenir. Il m'a fait confiance, Dieu merci, et s'est tenu sur ses gardes. Hengist, plein de détermination, comptait pénétrer seul dans le campement, et s'introduire sous la tente de votre frère. Uter ne pouvait croire à une telle audace, mais il a pris soin, cette nuit-là, de rester éveillé et armé. Quand Hengist est arrivé, muni d'un couteau, il a cherché votre frère dans son lit, sans résultat. Mais quand il a voulu sortir de la tente, Uter s'est jeté sur lui et l'a tué. Le corps à corps a été bref, car le Saxon était venu sans armure, pensant assassiner tranquillement un homme désarmé, et repartir au plus vite.

— Et sous quelle forme es-tu apparu à mon frère ? Je suis surpris qu'il t'ait cru !

— J'avais pris l'aspect d'un vieillard aux cheveux blancs, bien propre à inspirer la confiance. Je lui ai parlé en secret, et l'ai averti qu'il risquait la mort la nuit même, s'il ne prenait pas garde.

— Lui as-tu dit que tu étais Merlin ?

— Il l'ignore encore à cette heure, et il ne le saura que lorsque vous le lui aurez révélé vous-même.

— Mon ami, viendras-tu avec moi ?

— Seigneur, prenez garde ! Si je vous accompagne, vos hommes auront tôt fait de prendre ombrage de la confiance que vous m'accorderez. Mais si vous estimez que ma présence peut vous être utile, vous me ferez confiance malgré eux, et ce sera pour votre bien.

— Merlin, tu as déjà fait beaucoup pour moi, et je te donnerai ma confiance pleine et entière. Je n'oublierai jamais que tu as sauvé la vie de mon frère.

— J'irai bientôt lui parler. Mais auparavant, vous le rejoindrez et vous lui demanderez s'il connaît l'homme qui l'a mis en garde contre les projets de Hengist. Vous verrez qu'il pourra vous répondre. C'est cette apparence-là que je prendrai quand je viendrai le voir. Vous pourrez vous-même m'identifier puisque je vous aurai prévenu.

— Et quel jour iras-tu parler à mon frère ?

— Je vais vous le dire, mais, au nom de notre amitié, n'en soufflez mot à personne. Si vous trahissiez ce secret, je n'aurai plus jamais confiance en vous, et vous y perdriez plus que moi.

76

— Si je te manque de parole une seule fois, retire-moi ta confiance.

— Je vous mettrai à l'épreuve, et de plusieurs façons, n'en doutez pas !

— Autant que tu voudras !

— Sachez alors que je viendrai trouver votre frère dix jours après que vous l'aurez vous-même rejoint.

Sur ces paroles, Merlin le quitta, pour revenir auprès de Blaise et lui raconter tout ce qui s'était passé.

De son côté, Pendragon rejoignit le camp d'Uter, qui l'accueillit avec joie. Dès qu'ils se furent salués, Pendragon le prit à part pour lui raconter la mort de Hengist, telle que Merlin la lui avait rapportée.

— Eh bien, mon frère, ce récit est-il exact ? lui demanda-t-il à la fin.

— D'un bout à l'autre. Par Dieu, j'ignore comment tu as pu en connaître tous les détails, car personne au monde n'est au courant, excepté Dieu et un très vieil homme qui m'a informé en secret. L'aurais-tu rencontré ?

— Je n'ai vu aucun vieillard.

— Dis-moi alors qui te l'a appris, car je suis stupéfait que tu le saches.

— C'est pourtant bien le cas. Mais qui est ce vieillard qui t'a sauvé la vie ? Car sans lui, je pense, Hengist t'aurait assassiné.

— Par ma foi, je ne saurais te le dire. Mais il avait l'air d'un homme respectable et plein de sagesse, c'est pourquoi je lui ai fait confiance.

— Reconnaîtrais-tu cet homme, si tu le voyais ?

— À coup sûr, j'en suis certain.

— Eh bien, je t'affirme qu'il viendra te parler dans

dix jours. Fais en sorte, ce jour-là, de rester toujours en ma compagnie, car je veux voir ceux qui t'approcheront.

Merlin avait combiné tout cela pour entrer en relation avec les deux frères et devenir leur ami. Comme Blaise lui demandait comment il procéderait, il lui expliqua :

— Ils sont jeunes et prêts à s'amuser. Je ne gagnerai leur amitié qu'en répondant à leurs désirs, en leur procurant des distractions plaisantes et joyeuses. Je connais une dame dont Uter est amoureux. Je lui apporterai de la part de son amie une lettre, que vous me rédigerez. Ainsi il croira à ce que je lui raconterai en confidence. Je serai auprès d'eux le jour dit, mais sous la forme du messager de la lettre. Ils me verront toute la journée sans me reconnaître, et, le soir seulement, je leur révélerai qui je suis. Ils n'en seront que plus heureux de me voir.

Ainsi fut fait. Merlin prit les traits de l'écuyer[1] de la dame et se rendit au campement du roi. Il aperçut Uter, à côté de son frère, et s'approcha de lui pour lui dire :

— Seigneur, ma dame vous salue et vous envoie cette lettre.

Uter la prit, tout joyeux. Puis il fit venir un clerc[2], et se retira un moment avec lui, pour qu'il lui en fasse

---

1. L'*écuyer* est un jeune noble qui fait son apprentissage de chevalier. En plus d'apprendre le métier des armes, il remplit toutes sortes de missions que lui confie son seigneur (ou sa dame).
2. Au Moyen Âge, les seigneurs ne savent pas lire, en général.

lecture en privé. La lettre recommandait de faire pleine confiance à son porteur. Uter retint donc Merlin auprès de lui et de son frère, et ils passèrent ensemble toute la journée, de façon fort plaisante. Quand arriva le soir, Pendragon s'étonna de ne pas avoir vu Merlin, qui avait pourtant promis de venir en ce jour parler à Uter. Les deux frères s'interrogeaient à ce sujet. Pendant ce temps, Merlin s'était retiré un peu à l'écart, et il prit l'apparence sous laquelle Uter l'avait vu la première fois. Il se rendit dans la tente de ce dernier et le demanda. Un écuyer lui répondit qu'il était avec le roi, mais qu'il pouvait le prier de venir. Il alla donc prévenir Uter qu'un beau vieillard l'attendait dans sa tente.

— Va le voir, frère, dit Pendragon, et dis-moi si c'est bien l'homme qui t'a sauvé la vie.

Uter se rendit à sa tente. Il reconnut au premier coup d'œil le vieillard et lui fit fête. Après avoir parlé de choses et d'autres, il l'interrogea sur un point qui l'intriguait :

— Seigneur, vous m'avez sauvé la vie, mais je suis très étonné que le roi ait pu me raconter point par point ce qui s'était passé cette nuit-là. Comment a-t-il pu le savoir ?

— Quelqu'un a dû le lui dire ! Allez donc le chercher, et demandez-lui devant moi qui l'a informé.

Uter sortit pour chercher son frère, en ordonnant à ses hommes qui gardaient la tente de ne laisser entrer personne. Dès qu'il fut dehors, Merlin prit la

---

C'est donc un clerc qui est chargé de lire ou d'écrire pour eux les lettres.

forme du jeune écuyer qui avait apporté la lettre, et lorsque Uter et Pendragon pénétrèrent dans la tente, ils se trouvèrent en face du messager.

— Je n'en crois pas mes yeux ! dit Uter, complètement abasourdi, à son frère. Je viens de laisser ici le vieillard dont je te parlais, et voilà que je retrouve l'écuyer ! Reste ici. Je vais demander à mes gens s'ils ont vu sortir le vieillard ou entrer ce jeune homme.

Il quitta la tente, tandis que Pendragon était pris de fou rire. Quand Uter revint après avoir interrogé les gardes, il était encore plus perplexe.

— Je n'y comprends plus rien ! dit-il à son frère.

Se tournant vers l'écuyer :

— Et toi, quand es-tu entré ?

— Seigneur, j'étais là quand vous avez parlé au vieillard.

— Par Dieu, dit Uter en se signant, je suis victime d'un enchantement ! Jamais pareille aventure n'est arrivée à personne.

Le roi éclata de rire à ces paroles. Merlin venait de jouer un bon tour à son frère !

— Cher frère, lui dit-il, je ne te croyais pas capable de me mentir !

— Ma foi, je suis si ébahi que je ne sais que répondre !

— Mais qui est ce jeune homme ?

— Celui qui a apporté la lettre en ta présence.

— Le reconnais-tu ?

— Oui, bien sûr.

— Penses-tu que ce puisse être l'homme pour lequel tu es venu me chercher ?

— Impossible ! C'était un vieillard.

— Alors, sortons tous les deux et voyons si ce vieillard veut bien se laisser trouver !

Ils sortirent un moment, puis le roi pria l'un de ses chevaliers d'aller voir qui était dans la tente. Celui-ci revint peu après pour l'avertir qu'un vieillard l'attendait, assis sur le lit. Les deux frères se rendirent à la tente.

— Que Dieu me protège ! s'exclama Uter. Voici l'homme qui m'a sauvé la vie !

— Qu'il soit le bienvenu ! dit Pendragon tout joyeux.

Mais Uter avait l'air tellement ahuri que le roi eut envie d'entrer dans le jeu de Merlin.

— Cher frère, lui dit-il, où est l'écuyer qui t'a apporté la lettre ?

— Il était ici tout à l'heure !

Le roi et Merlin éclatèrent de rire.

— Auriez-vous perdu votre messager ? l'interrogea Merlin.

— Pourquoi me reparlez-vous de ce garçon ? demanda Uter.

— À cause des bonnes nouvelles qu'il vous a apportées de votre amie !

— Mais qu'en savez-vous ?

— Si vous y consentez, je vais vous révéler tout ce que j'en sais.

— Je veux bien, dit Uter, persuadé que personne, hormis le messager, ne pouvait être au courant.

Merlin lui répéta mot pour mot le contenu de la lettre.

— Seigneur, dit Uter abasourdi, comment pouvez-vous savoir tout cela ?

Pendragon intervint alors, demandant à Merlin :

— Puis-je dire à mon frère qui tu es ?

— Oui, j'y consens.

— Cher frère, reprit le roi, tu ignores qui est cet homme. Tu as devant toi, sache-le bien, l'homme le plus sage du monde, et il peut, de ses conseils, nous apporter une aide inestimable. Son pouvoir est grand : c'est lui le messager qui t'a apporté la lettre, c'est lui qui a écrit les tendres propos de ton amie.

— Seigneur, dit Uter stupéfait, comment le croire ?

— Il le faut pourtant, affirma Pendragon.

— Impossible, je ne peux vous croire sur parole.

Le roi pria alors Merlin de faire une démonstration à son frère.

— Je lui en donnerai une preuve irréfutable, car j'ai de l'affection pour lui. Mais sortez un instant, et je me montrerai à lui sous l'apparence de l'écuyer.

Les deux frères allèrent l'attendre à l'extérieur. À peine étaient-ils dehors, que le jeune écuyer sortit de la tente et s'adressa à Uter :

— Seigneur, je dois retourner auprès de ma maîtresse. Quelle réponse souhaitez-vous lui donner ?

Uter resta muet de saisissement.

— Alors, dit le roi à son frère, que penses-tu de ce garçon ? Tu as du mal à croire que c'est lui qui te parlait dans la tente.

— Je suis si stupéfait que je ne sais que dire !

— Cher frère, c'est bien lui qui a empêché Hengist de t'assassiner. Apprends aussi que c'est lui que je suis allé chercher dans le Northumberland. Cet homme a le pouvoir de connaître tout ce qui s'est dit ou fait dans le passé, et, en grande partie, ce qui se fera dans l'avenir. C'est pourquoi nous devons le prier de devenir notre ami et de nous conseiller dans toutes nos entreprises.

— S'il y consent, aucun homme au monde ne peut nous être plus utile que lui.

Les deux frères supplièrent donc Merlin, au nom de Dieu, de rester avec eux. Ils étaient prêts à lui accorder leur pleine et entière confiance.

— Seigneurs, répondit Merlin, vous voilà à présent convaincus que je connais les choses les plus cachées. Je resterais volontiers avec vous, mais je dois vous confier à tous deux un secret concernant ma nature et mon caractère. Il m'est nécessaire, de temps à autre, de me retirer loin des hommes. Soyez certains cependant que, là où je serai, c'est à vous et à vos affaires que je penserai avant tout. Si j'apprends que vous êtes en difficulté, je viendrai aussitôt vous aider et vous conseiller de mon mieux. Mais si vous voulez conserver mon amitié, ne prenez pas ombrage de mes absences. Faites-moi un excellent accueil à chacun de mes retours : ainsi les hommes de bien, dans votre entourage, m'en aimeront davantage. Quant aux méchants, ceux qui ne vous aiment pas beaucoup vous-mêmes, ils me prendront en haine, mais n'oseront pas le montrer. Apprenez enfin que, pour longtemps, je ne changerai plus d'apparence quand je me montrerai à votre cour. Ainsi, ceux qui m'auront déjà vu pourront courir vous prévenir de mon retour. Vous, vous manifesterez aussitôt votre joie à cette nouvelle, et ils affirmeront que je suis un bon devin. Vous pourrez alors m'interroger sur tous les projets que vos conseillers vous auront proposés, et je vous donnerai mon avis.

Merlin demeura quelque temps auprès de Pendragon et d'Uter, et il devint leur familier. Les gens du pays, ainsi que les anciens conseillers de Vertigier, s'habituèrent à son apparence et pensèrent pouvoir désormais l'identifier.

7

À la cour de Pendragon

Un jour, les conseillers du roi le prirent à part.

— Seigneur, dirent-ils, vous avez auprès de vous Merlin, le plus sage devin du monde. Priez-le donc de vous dire, s'il le peut, comment vous rendre maître du château de Hengist, que nous assiégeons depuis des années. Qu'il vous révèle aussi comment se terminera cette guerre contre les Saxons.

Pendragon fut d'accord sur cette proposition, et, deux jours après, il réunit son conseil au grand complet pour poser à Merlin les questions suggérées par ses barons.

— Merlin, mon ami très cher, je connais ta grande sagesse et tes dons de prophète. Je te prie donc de me dire comment je pourrais m'emparer du château de Hengist, et si je parviendrai à chasser les Saxons du royaume de Bretagne.

— Quelle bonne occasion pour toi de mettre ma

science à l'épreuve ! Eh bien, sache donc ceci : depuis la mort de Hengist, les Saxons ne pensent plus qu'à une chose : quitter le pays. Voilà ce que je te conseille : dès demain, à la faveur d'une trêve, envoie-leur tes messagers, chargés d'une proposition de paix. Qu'ils t'abandonnent sans conteste la terre qui te vient de ton père, et toi, tu les feras conduire aux frontières et tu leur fourniras des vaisseaux pour qu'ils puissent repartir.

— Très bien, dit le roi. Je vais leur envoyer trois messagers.

Sur le conseil de Merlin, il plaça Ulfin, un conseiller privé, à la tête du groupe. Les trois hommes chevauchèrent jusqu'à la forteresse de Hengist.

— Que veulent ces chevaliers ? demandèrent les gardes du château.

— Seigneur, dit Ulfin, le roi vous propose une trêve de trois mois.

— Nous allons y réfléchir.

Les Saxons se retirèrent pour délibérer. Ils arrivèrent très vite à cette conclusion :

— La mort de Hengist nous a placés dans une situation difficile. Nous n'avons pas assez de vivres pour rester ici jusqu'à l'expiration de la trêve. Demandons au roi de lever le siège et de nous laisser le château en fief. Nous lui en ferons hommage[1] et chaque année, nous lui donnerons en tribut dix che-

---

1. Le *fief* est la terre accordée à son vassal par le suzerain. En échange, le vassal, lors de la cérémonie de l'*hommage*, lui prête serment de fidélité : il devient son homme lige et s'engage à faire la guerre à son service.

valiers armés, dix demoiselles nobles, dix faucons, dix lévriers et cent palefrois[1].

Telle fut la proposition qu'ils présentèrent aux messagers. Ceux-ci vinrent la rapporter à Pendragon en présence de Merlin et de tous les barons du royaume. Le roi les écouta et demanda à Merlin :

— Parle, dis-moi ce que je dois faire.

— Si tu veux m'en croire, tu n'accepteras pas ces conditions. Il en résulterait de grands malheurs pour ce royaume, car les Saxons reprendraient la guerre contre toi dès qu'ils auraient repris des forces. Ordonne-leur d'évacuer immédiatement la forteresse. Ils accepteront car ils n'ont pas de vivres. Tu leur fourniras les navires dont ils ont besoin pour regagner leur pays. S'ils refusent, dis-leur qu'ils n'auront aucune trêve et que tu feras mourir de male mort tous ceux que tu saisiras. Ils seront trop heureux d'avoir la vie sauve !

Dès le lendemain, le roi fit porter cette réponse par ses messagers. Quand les Saxons, dans la forteresse, apprirent qu'ils auraient la vie sauve, leur soulagement fut immense, car ils ignoraient comment se tirer d'affaire. Ils savaient bien que, Hengist perdu, ils étaient en mauvaise posture.

La nouvelle fut annoncée dans tout le royaume. Le

---

1. Le *tribut* est une sorte de redevance. Ici, il est constitué de chevaliers qui combattront pour le suzerain et de demoiselles qui iront à sa cour, ainsi que de divers produits de luxe très appréciés. Les *faucons* sont des oiseaux de proie dressés pour la chasse, les *lévriers* des chiens de chasse, et les *palefrois* des chevaux de promenade ou de parade.

roi les fit conduire au port sous escorte, et embarquer sur des vaisseaux. C'est ainsi que Merlin devina l'état d'esprit des Saxons et que, sur son conseil, Pendragon put libérer le pays. Merlin devint ainsi un maître, écouté avec respect dans le conseil royal.

Quelque temps après, un jour où Merlin avait discuté longuement d'un grave problème avec Pendragon, il arriva qu'un baron en prît ombrage. Il vint trouver le roi.

— Seigneur, lui dit-il, vous accordez à cet homme une confiance incroyable. Apprenez ceci : tout ce qu'il vous dit, et à quoi vous ajoutez foi, lui est dicté par le diable. Si vous le permettez, je vais le mettre à l'épreuve, et vous serez convaincu de ce que j'avance.

— Je veux bien, mais à condition qu'il ne puisse s'en irriter.

— N'ayez crainte, je ne dirai ni ne ferai rien qui puisse lui être désagréable.

Le roi donna son accord et le baron fut ravi de cette permission. Il passait aux yeux du monde pour un homme de grande sagesse, mais c'était en réalité un être fourbe, plein de perfidie. Un seigneur puissant au demeurant, issu d'une famille riche et respectée. Merlin se rendit un jour à la cour. Le baron lui fit un accueil très chaleureux, puis l'attira à part auprès du roi, qui n'avait avec lui que quelques familiers. Devant ce petit comité, il dit à Pendragon :

— Seigneur, vous avez devant vous Merlin, l'homme le plus sage du monde. N'a-t-il pas jadis prédit à Vertigier comment il mourrait, brûlé dans sa tour par l'incendie que vous allumeriez ? Et c'est ce qui est arrivé. Aussi, voici ce que je sollicite : priez-le de révéler comment je mourrai. Je suis sûr qu'il peut me le dire, si telle est sa volonté.

Merlin voyait clairement l'envie et l'hostilité que lui portait cet homme. À la prière du roi, il répondit :

— Tu m'as demandé comment mourrait cet homme, mais il ne sera peut-être pas satisfait de la réponse.

Le roi et les barons insistèrent.

— Sachez donc, dit Merlin au baron, que, le jour de votre mort, vous tomberez de cheval et vous vous briserez le cou.

— Seigneur, dit le baron à Pendragon, vous avez entendu la réponse. Que Dieu me protège !

Puis, prenant le roi à part, il ajouta :

— Retenez bien ce qu'il a dit, car je vais bientôt le mettre à l'épreuve.

Le baron regagna ses terres, se déguisa et revint dans la ville où résidait Pendragon. Il fit semblant d'être malade et demanda secrètement au roi de lui amener Merlin, mais sans dévoiler son identité. Le roi y consentit.

— Allons donc voir un malade qui se trouve dans cette ville, proposa-t-il à Merlin.

— Seigneur, répondit en riant le devin, le roi ne saurait se déplacer sans une escorte d'au moins vingt hommes !

Pendragon choisit donc plusieurs compagnons pour se rendre avec eux auprès du malade. Dès leur arrivée, la femme du baron, qui était dans le secret, tomba aux pieds du roi :

— Seigneur, au nom de Dieu, demandez à votre devin qu'il dise si mon mari guérira !

Le roi prit un air affligé et se tourna vers Merlin :

— Peux-tu répondre à cette femme, Merlin ? Son mari va-t-il guérir ?

— Sois en sûr, il ne mourra pas du mal qui le tient allongé sur ce lit !

Le malade fit semblant d'articuler avec difficulté :

— Seigneur, par Dieu, de quoi mourrai-je donc alors ?

— Le jour de votre mort, on vous trouvera pendu.

Sur ces mots, Merlin leur tourna le dos et s'éloigna pour les laisser tous deux en tête à tête.

— Seigneur, s'exclama le faux malade, vous voyez bien que cet homme est un fou et un menteur ! Il m'a prédit deux morts totalement incompatibles. Mais je vais le mettre à l'épreuve une troisième fois devant vous. Je me rendrai dans une abbaye, je ferai le malade, et je vous enverrai chercher par l'abbé[1]. Il prétendra que je suis un de ses moines et qu'il a peur que je ne meure. Il vous priera de venir avec votre devin.

Pendragon promit de faire ainsi. Tout se passa comme prévu. Arrivé à l'abbaye, le roi alla écouter la messe en compagnie de Merlin, de son frère et de ses barons. L'abbé, avec quinze moines au moins, vint alors le supplier de visiter un de ses moines, malade, et d'amener avec lui son devin.

— Viendras-tu avec moi, Merlin ? demanda le roi.

---

1. L'*abbé* est le moine qui sert de chef à un monastère, ou *abbaye*.

— Volontiers, mais j'aimerais d'abord te dire quelques mots, à toi et à ton frère Uter.

Il les prit à l'écart dans l'église.

— Seigneurs, plus je vis auprès de vous, plus je vous trouve dépourvus de sagesse ! Pensez-vous que j'ignore de quelle mort périra ce pauvre fou qui me met à l'épreuve ? Par Dieu, je le sais parfaitement ! Je vais le révéler et vous serez encore plus surpris que lors de mes deux premières prédictions.

— Enfin, Merlin, un homme peut-il mourir de deux morts différentes ?

— S'il ne meurt pas comme je l'ai prédit, alors tu peux me retirer ta confiance ! Je sais comment il mourra, et je sais aussi autre chose : lorsque tu auras vu ma prophétie se réaliser, tu m'interrogeras sur ta propre mort. Je peux dès maintenant annoncer à Uter que je le verrai roi.

Ils se rendirent avec l'abbé dans la cellule[1] du moine.

— Seigneur, demanda l'abbé au roi, priez votre devin de me dire si ce moine pourra guérir !

Mais Merlin répondit lui-même à l'abbé, en laissant voir sa colère :

— Seigneur, il peut se lever si cela lui chante ! Il n'est pas malade et perd son temps à me mettre à l'épreuve, car il mourra bel et bien des deux morts que je lui ai prédites. Et je vais lui en annoncer une troisième, plus étrange encore que les précédentes : après s'être brisé le cou et pendu, il se noiera. Il subira ces trois morts, et ceux qui vivront jusqu'à ce jour le

1. Très petite pièce où vivent certains moines dans l'abbaye.

verront clairement. Mais maintenant, qu'il arrête cette mauvaise comédie ! Je connais ses pensées et ses machinations perfides.

Le faux malade se releva d'un bond et clama au roi :

— Seigneur, vous voyez bien sa folie ! Il ne sait pas ce qu'il dit ! Comment pourrait-il dire la vérité, quand il prétend que, le jour de ma mort, je me briserai le cou, je me pendrai et je me noierai, le tout en même temps ? Personne ne peut connaître un tel sort, c'est évident. Demandez-vous donc s'il est bien sensé de faire confiance à un tel homme et de lui donner autorité sur vous et vos conseillers !

— Je lui garderai ma confiance, cependant, et cela jusqu'au jour où je saurai la façon dont vous mourrez.

Le baron fut très en colère de voir que Merlin ne serait pas écarté du conseil royal avant sa propre mort. Mais les choses en restèrent là. Tout le monde apprit la prédiction de Merlin sur la mort du conseiller, et tous attendirent avec curiosité ce qui adviendrait.

Un jour, assez longtemps après, ce même homme chevauchait avec une nombreuse escorte sur une route longeant une rivière. Vint le moment de passer cette rivière pour parvenir à la ville située de l'autre côté. En franchissant le pont de bois, son cheval trébucha et tomba sur les genoux. Quant au baron, il fut jeté à terre et, dans sa chute, il se brisa le cou. Il fut précipité à l'eau mais resta accroché par ses vêtements à l'un des pieux du pont. Il demeura ainsi suspendu, le bas du corps en l'air, mais la tête et les épaules immergées. Deux hommes de son escorte appelèrent aussitôt à l'aide, et les habitants de la ville voisine accoururent en hâte, les uns par le pont, les autres en prenant des bateaux. Ils retirèrent le cadavre de l'eau et dirent aux deux compagnons :

— Cet homme s'est brisé le cou !

Ils ne purent que constater le fait.

— Merlin a donc vu juste ! s'écrièrent-ils, stupéfaits. Il avait bien prédit que le baron se briserait le cou, se pendrait et se noierait. Bien fou celui qui ne lui fait pas entière confiance !

Merlin devina ce qui s'était passé. Il se rendit auprès de Pendragon, qui se trouvait avec son frère Uter, afin de leur raconter la mort du baron.

— Seigneurs, conclut-il, on viendra vous en informer dans six jours. Pour ma part, je vais m'en aller, car on ne manquerait pas de m'assaillir de questions, auxquelles je ne veux pas répondre. À l'avenir, je ne parlerai plus aux hommes de la cour qu'à mots couverts. Ainsi, ils ne comprendront rien à mes prédictions avant qu'elles ne soient réalisées[1].

Quand arrivèrent les porteurs de nouvelles, Merlin n'était plus là. Il était allé rejoindre Maître Blaise dans le Northumberland.

---

1. Allusion aux *Prophéties de Merlin*, texte écrit au XIIe siècle par Geoffroy de Monmouth. C'est effectivement un ensemble de prophéties obscures attribuées à Merlin.

8

Le destin de Pendragon

Merlin revint à la cour pour s'entretenir avec Pendragon et Uter. Il commença par leur rappeler à quel point il les aimait, et combien il désirait se consacrer à leur réussite et à leur gloire.

Étonnés de cette déclaration, les deux frères l'invitèrent à parler en toute franchise, sans rien dissimuler.

— Je ne vous cacherai rien, leur dit-il, de ce que je peux vous révéler. Vous souvenez-vous des Saxons, que vous avez chassés du royaume après la mort de Hengist ?

— Oui, bien sûr.

— En revenant dans leur pays, ils ont rapporté la nouvelle de la mort de Hengist. Ce dernier appartenait à une noble et puissante famille. Quand ses parents ont appris son sort et comment les Saxons avaient été refoulés, ils ont juré de venger sa mort. Ils ont fait appel aux nombreux lignages qui étaient leurs alliés, et ils pensent bien reconquérir votre royaume.

— Mais ont-ils des forces suffisantes, demandèrent les deux frères, pour tenir tête aux nôtres ?

— Pour un combattant des vôtres, ils en aligneront deux ! Et si vous ne faites pas preuve d'habileté, ils vous tueront et s'empareront de votre terre.

— Merlin, nous exécuterons à la lettre tout ce que tu pourras nous conseiller. Mais pour quand prévois-tu leur arrivée ?

— Pour le 11 juin, mais personne sauf vous ne le saura dans le royaume. Vous garderez un secret absolu et procéderez ainsi : vous convoquerez tous ceux qui peuvent combattre, chevaliers et hommes d'armes, pauvres et riches, et vous leur réserverez le meilleur accueil. Qu'ils viennent avec des chevaux robustes et de bonnes armes, mais, vous aussi, soyez prêts à leur distribuer généreusement vos biens. Vous gagnerez ainsi leurs cœurs, et Dieu sait si vous avez besoin de leur aide et de leur fidélité ! Demandez-leur d'être à vos côtés, équipés de pied en cap, la première semaine de juin dans la plaine de Salesbières[1]. Vous regrouperez vos troupes au bord de la Tamise et laisserez les Saxons aborder et débarquer.

— Quoi ? fit Pendragon, nous laisserons l'ennemi aborder et pénétrer dans les terres ?

— Oui, si vous m'en croyez. Vous les laisserez même s'éloigner le plus possible de la côte. Ils ignoreront votre présence et croiront vous avoir surpris. Quand ils auront bien progressé à l'intérieur des terres, vous enverrez des troupes vers leurs vaisseaux

---

1. *Salesbières* est l'ancien nom de Salisbury. La ville ne se trouve pas à proximité de la mer, ni de la Tamise. Cela prouve bien que Robert de Boron ne connaît pas l'Angleterre.

pour leur couper toute retraite. Cela ne manquera pas de les effrayer. L'un de vous viendra avec ses hommes les harceler, et les obliger à camper dans la plaine, loin de la rivière. L'eau leur fera alors défaut, et les plus hardis se mettront à craindre pour leur vie. Vous les tiendrez ainsi en respect durant deux jours, et le troisième, vous livrerez bataille. Si vous agissez ainsi, je vous assure que vous remporterez la victoire.

— Par Dieu, Merlin, reprirent les deux frères, nous suivrons tes conseils. Mais dis-nous donc si nous mourrons dans cette bataille.

— Seigneurs, ici-bas, tout a un commencement et une fin. Tout être humain doit le savoir, et il ne faut donc pas s'effrayer de la mort. Il en est de même pour vous, car rien ne peut vous faire échapper au sort commun.

— Merlin, intervint Pendragon, tu m'as dit un jour, à propos de ce baron qui t'avait mis à l'épreuve, que tu savais ma mort aussi bien que la sienne. Tout ce que tu as prédit sur lui s'est révélé exact. Je te demande donc, s'il te plaît, de me dire à moi aussi la vérité sur ma mort.

— Faites donc apporter les plus précieux reliquaires[1] que vous possédez. Vous ferez serment, sur les reliques et sur les Évangiles[2], d'agir comme je vous l'ordonnerai pour votre bien et pour votre honneur. Je vous indiquerai alors ce qu'il vous sera utile de savoir.

---

1. Boîtes précieuses, ornées d'or et d'argent, qui contiennent les reliques des saints.
2. Les *Évangiles* sont les textes les plus sacrés des chrétiens.

Les deux frères suivirent les ordres de Merlin. Lorsque le serment fut prononcé, ils lui dirent :

— Nous t'avons obéi. Dis-nous maintenant quelle était ton intention.

— Tu m'as interrogé sur ta mort, Pendragon, et sur l'issue de cette bataille. Mais savez-vous ce que vous avez juré l'un et l'autre ? D'agir au mieux dans ce combat, pour votre bien et votre gloire à tous les deux. Vous défendez votre royaume, votre bien légitime. Celui qui meurt en défendant ses droits ne doit pas craindre de mourir, et de comparaître devant Dieu. Quant à la bataille qui va avoir lieu, apprenez qu'il n'y en a jamais eu d'aussi considérable depuis que le christianisme s'est établi dans cette île. Je vais enfin répondre à votre question : sachez que l'un de vous deux périra dans cette bataille, et le survivant s'est engagé à lui faire, sur le lieu même du combat, la plus belle et la plus grandiose sépulture qui soit au monde. Je promets de l'y aider, et mon œuvre durera dans les siècles à venir. Je vous ai dit que l'un de vous deux doit mourir : confessez vos fautes avant le combat et, une fois la bataille engagée, soyez braves de corps et de cœur !

Le jour fixé pour le rassemblement des vassaux arriva. Les deux frères avaient convoqué les seigneurs et les guerriers de tous les coins du pays, et, à la Pentecôte[1], ils tinrent leur cour au bord de la Tamise. Le peuple avait afflué, et ils distribuèrent abondam-

---

1. La Pentecôte est une fête chrétienne située cinquante jours après Pâques, vers la fin mai, en général.

ment cadeaux et richesses, en faisant le meilleur accueil à tous. La fête dura jusqu'au jour où l'on apprit l'arrivée de la flotte des Saxons. C'était le 11 juin, et quand Uter en fut informé, il fut plus que jamais convaincu de la justesse des prédictions de Merlin. L'armée fut mise sur le pied de guerre, mais elle reçut l'ordre de ne pas bouger.

Les Saxons, de leur côté, avaient débarqué. Ils campèrent huit jours au bord de la mer, puis, le neuvième, ils commencèrent à faire mouvement à cheval vers l'intérieur des terres. Le roi Pendragon, averti par ses espions, alla demander conseil à Merlin.

— Tu enverras dès demain ton frère Uter avec des troupes nombreuses. Lorsqu'il les verra suffisamment éloignés du rivage et de la rivière, qu'il leur barre la route dans ces deux directions et les oblige à établir leur campement dans la plaine. Au matin, quand les Saxons voudront reprendre leur progression, qu'il les attaque et les serre de près, en les empêchant de poursuivre leur route. Qu'il les harcèle ainsi durant deux jours. Le troisième jour, aussitôt le soleil levé, tu engageras le reste des troupes et tu donneras l'assaut dès qu'on verra un dragon voler dans les airs entre ciel et terre. Quand tu auras vu ce signe, symbole de ton nom[1], combats sans crainte, car tes hommes auront la victoire.

Merlin quitta alors Pendragon et vint trouver Uter :

— Uter, lui dit-il, veille à donner la pleine mesure de ta bravoure dans cette bataille. Tu n'as pas à craindre la mort.

---

1. Pendragon signifie en breton « tête de dragon ».

Les deux frères suivirent les conseils de Merlin. Uter, à la tête d'une grande partie des cavaliers, les plus forts et les plus braves, coupa la route de leurs navires aux Saxons. Durant deux jours, il les harcela, et le troisième jour, le roi Pendragon arriva avec de nombreuses troupes fraîches, qu'il disposa en corps de bataille. Les Saxons, se voyant pris en tenaille, furent saisi par la peur, car il n'était plus question pour eux de se replier. C'est alors qu'apparut dans les airs un dragon vermeil qui vomissait des flammes par les naseaux et par la gueule. Il traversa le ciel et survola l'armée des Saxons avec un bruit terrifiant, semant l'effroi et la panique dans leurs rangs.

— Jetons-nous sur eux ! cria Pendragon à ses bataillons. C'est le signe prédit par Merlin ! Nos ennemis connaîtront la déroute.

Les hommes de Pendragon foncèrent de toute la vitesse de leurs chevaux. Quand Uter vit son frère aux prises avec l'adversaire, il attaqua à son tour les Saxons, avec encore plus de violence et d'audace. Ainsi commença la grande bataille dans la plaine de Salesbières. Elle fut acharnée et sanglante. Nombre d'hommes y laissèrent leur vie et, parmi beaucoup d'autres braves, Pendragon périt. Quant aux Saxons, pas un n'en réchappa : ils moururent tous tués ou noyés, et ce fut la fin de la bataille.

Le roi Pendragon était mort. Uter devenait le maître du royaume. Il fit rassembler les corps de ceux qui avaient laissé leur vie dans la bataille. Une fois alignés, ils furent bénis, et chacun put enterrer ses parents ou ses amis, et faire graver leurs noms sur leurs tombes. Uter fit élever pour Pendragon une tombe plus haute que les autres, mais sans inscrire son nom : chacun pouvait comprendre, en voyant sa taille, que le roi était enterré là. Puis il se rendit à Londres, où il convoqua ses vassaux et ses prélats[1] pour se faire couronner et sacrer roi de Bretagne.

Quinze jours plus tard, Merlin vint à la cour, et il fut reçu par Uter avec une grande joie.

— Uter, lui dit-il, il faut que tu dises à ton peuple tout ce que je vous avais prédit et ordonné de faire : l'invasion des Saxons et aussi l'accord conclu avec ton frère et les serments échangés.

Le nouveau roi exposa à ses sujets toutes les actions accomplies avec son frère, sur le conseil de Merlin. Mais il ne parla pas du dragon, parce que, comme tous les autres, il en ignorait la signification.

Merlin la leur expliqua alors :

— Le dragon représentait la mort de Pendragon, et aussi l'élévation d'Uter au rang de roi.

Le terme de « dragon » fut, à partir de ce moment, attribué à Uter comme surnom. Pour rappeler l'apparition du dragon et leur victoire à tous deux sur les Saxons, il se fit appeler Uter Pendragon.

Les barons du royaume découvrirent à cette occasion le rôle décisif joué par Merlin, comment il avait guidé les décisions des deux frères, et leur admiration pour lui en fut encore renforcée.

Du temps passa. Uter régnait depuis longtemps

---

1. Les *prélats* sont les hommes d'Église de rang élevé : évêques, archevêques et cardinaux.

déjà, maintenant le royaume en paix, quand Merlin vint lui parler :

— Eh bien, Uter, ne vas-tu rien faire de plus pour ton frère, qui repose dans la grande plaine de Salesbières ?

— Et que veux-tu que je fasse ? Parle, j'accomplirai de grand cœur tout ce que tu me conseilleras.

— Tu as juré d'édifier en ce lieu un monument dont on parlerait dans tous les siècles à venir. Moi, j'ai promis de t'aider. C'est le moment de tenir tous deux nos serments. Tu vas entreprendre une œuvre immortelle dont on parlera à tout jamais, si tu en es d'accord. Le veux-tu ?

— Très bien, j'y consens.

— Il existe en Irlande de gigantesques pierres. Envoie tes bateaux les chercher. J'irai moi-même avec tes gens pour leur indiquer celles que je veux, et je saurai ensuite les ériger, si énormes soient-elles.

Le roi envoya donc en Irlande bateaux et hommes en grand nombre. Une fois sur place, Merlin leur indiqua des pierres gigantesques :

— Voici les pierres que vous allez charger.

Ils ne prirent pas le devin au sérieux.

— C'est une véritable folie ! s'exclamèrent-ils. Personne au monde ne pourrait les soulever, et encore moins les embarquer sur des navires !

— Eh bien, dans ce cas, vous êtes venus pour rien ! répliqua Merlin.

Ils retournèrent donc auprès du roi pour lui expliquer la besogne inouïe que le devin leur avait commandée. Cette tâche dépassait toutes les forces humaines !

— Attendons que Merlin revienne, se contenta de dire Uter.

Quand il fut de retour, le roi lui raconta les paroles de ses hommes.

— Ils m'ont abandonné, dit Merlin, mais je saurai tenir ma promesse.

Et il fit venir ces pierres d'Irlande en usant de magie : on peut les voir encore aujourd'hui dans la plaine de Salesbières.

Il amena le roi et tout son peuple dans la plaine et leur montra l'amoncellement prodigieux. En présence de ce spectacle, ils durent avouer qu'aucun être humain n'était assez fort pour en ébranler une seule. Comment Merlin avait-il pu les transporter ici à l'insu de tous ?

Le devin leur ordonna alors de les ériger.

— Merlin, dit le roi, personne ne saurait faire cela, excepté Dieu et toi-même !

— Retirez-vous, alors. Je vais tenir la promesse faite à Pendragon, lorsque j'ai juré de faire pour lui ce qu'aucun être humain ne pourrait accomplir.

C'est ainsi que Merlin érigea les pierres d'Irlande, telles qu'on peut encore les voir dans la plaine de Salesbières[1]. Elles dureront aussi longtemps que la chrétienté.

---

1. La légende rapportée ici attribue à Merlin l'alignement de pierres de *Stonehenge*, dans la plaine de Salisbury. En fait, ces mégalithes (pierres géantes de 3 à 6 mètres) datent de la préhistoire (IIIe et IIe millénaires avant J.-C.), donc bien avant l'arrivée des Celtes (IIIe siècle avant J.-C.).

9

Ygerne

Le roi Uter prit l'habitude de tenir sa cour dans la cité de Carduel[1]. On aménagea dans la ville de vastes logis et de belles demeures pour héberger barons et chevaliers lorsqu'ils seraient convoqués aux assemblées. Le roi fit savoir à ses sujets qu'aux grandes fêtes de l'année, à Noël, à Pâques, à la Pentecôte et à la Toussaint, il donnerait des réjouissances à Carduel, et que tous les gens du royaume pourraient y assister.

Cette année-là, le roi convoqua ses barons, les priant par lettre de venir pour la Noël. Qu'ils se présentent avec leurs épouses et qu'ils invitent aussi les chevaliers de leur terre, afin qu'ils soient nombreux à se réunir en son honneur. On vit donc arriver à la cour une foule de seigneurs, de dames et de demoi-

---

1. *Carduel* est une ville du nord de l'Angleterre, l'actuelle Carlisle.

selles. Je ne saurais citer tous leurs noms, et je ne parlerai que de ceux que mentionne mon histoire.

Sachez que le duc de Tintagel s'y rendit en compagnie de sa femme, la belle Ygerne. Or, aussitôt que le roi la vit, il en tomba éperdument amoureux. Il n'en laissa rien paraître, sinon par ses regards, car il la contemplait plus volontiers que nulle autre dame. La duchesse se rendit compte que le roi la regardait avec plaisir. Elle était aussi vertueuse que belle, et fidèle à son époux. Elle se montra donc très réservée avec le roi, évitant autant que possible de se trouver en sa présence. Uter, très épris d'elle mais soucieux de garder cet amour secret, envoya des bijoux à toutes les dames, réservant à Ygerne ceux qui pourraient le mieux lui plaire, pensait-il. Lorsque la duchesse vit que toutes les dames en avaient reçu, elle n'osa pas refuser les siens. Mais elle avait bien compris pourquoi Uter en avait distribué à toutes les autres.

Quand arriva le moment où la cour devait se séparer, Uter ne manqua pas de prier ses barons de revenir pour la Pentecôte, dans les mêmes conditions. Tous le lui promirent. Le jour du départ, le roi raccompagna le duc de Tintagel sur sa route, avec beaucoup d'égards. Puis, au moment de se séparer, il avoua tout bas à Ygerne qu'elle emportait son cœur avec elle ; mais la dame fit semblant de n'avoir pas entendu.

Resté à Carduel, le roi fit fête aux chevaliers encore présents à sa cour, mais son cœur était auprès d'Ygerne. Il demeura dans cet état d'âme jusqu'à la Pentecôte, date à laquelle revinrent les seigneurs et les dames.

Uter était au comble du bonheur : Ygerne était là,

à nouveau. La fête se déroula dans l'allégresse, et le roi traita magnifiquement ses barons. Il fit asseoir à côté de lui le duc et sa femme, et il la combla de tant de faveurs et de présents qu'elle ne put plus douter qu'il l'aimait. Elle en fut très alarmée, mais elle dut se résigner.

Lorsque les festivités furent terminées, chacun prit congé pour retourner dans son pays, mais le roi leur fit promettre de revenir quand il le demanderait. Ils s'y engagèrent volontiers, et la cour se sépara.

Durant toute l'année, Uter fut tourmenté par son amour pour Ygerne. Au bout d'un an, il convoqua sa cour pour la Pentecôte. Ce jour-là, il porta couronne et couvrit de cadeaux les barons, chevaliers et dames qui étaient présents. Il fut très gai et plein d'entrain tout au long de la fête, mais le soir, il fit venir son conseiller le plus proche, Ulfin, pour se confier à lui :

— Ulfin, je meurs d'amour pour Ygerne, au point de perdre le sommeil et le repos, et de dépérir quand je ne la vois pas. Sa présence m'apporte un peu de soulagement, mais, si cet amour doit demeurer sans issue, je ne vivrai pas longtemps : ma mort est certaine.

— Seigneur, il faut être bien lâche pour mourir de désir pour l'amour d'une femme ! Je n'ai jamais entendu dire qu'une d'entre elles se soit refusée à celui qui sait lui faire une cour pressante, obéir à ses caprices et offrir bijoux et faveurs à elle et à son entourage. Et vous, je vous vois tout bouleversé !

— Tu as raison, Ulfin. Je vois que tu sais comment agir en pareille circonstance. Je te demande de m'aider : prends dans mon trésor tout ce que tu jugeras utile, et va parler à Ygerne au mieux de mes intérêts.

— Soyez sans crainte, je ferai tout mon possible. De votre côté, ayez soin d'obtenir l'amitié du duc. Restez en sa compagnie, prenez-le à votre table. Moi, je me charge de parler à Ygerne.

Il en fut ainsi. Le roi, pendant huit jours, ne quitta pas le duc et fit donner de magnifiques présents à tout son entourage. Ulfin, quant à lui, trouva moyen de s'entretenir avec Ygerne. Il fit du mieux qu'il put pour la séduire, et lui apporta à plusieurs reprises des présents somptueux. Mais elle refusa d'en accepter un seul, et finit par prendre à part Ulfin.

— Pourquoi insistez-vous pour m'offrir tous ces bijoux et ces cadeaux de prix ?

— Dame, c'est en l'honneur de votre sagesse, et de votre grande beauté. D'ailleurs, sachez-le, tous les biens du royaume de Logres[1] sont à votre entière disposition.

— Que voulez-vous dire ?

— Que vous êtes la maîtresse du cœur de celui qui est notre maître à tous.

— De quel cœur me parlez-vous ?

— De celui du roi.

— Mon Dieu ! s'exclama-t-elle en faisant un signe de croix. Quelle perfidie ! Le roi fait semblant d'aimer mon mari pour mieux me déshonorer ? Ulfin, prenez bien garde à ce que je vais vous dire : ne me parlez plus jamais du roi, sinon je le dirai au duc, mon époux, et, s'il l'apprend, votre mort est certaine. Mais pour cette fois, je me tairai.

---

1. La Bretagne, royaume d'Uter, est souvent nommée *pays* ou *royaume de Logres*.

— Dame, ce serait une gloire pour moi de mourir pour le service de mon seigneur ! Mais vous vous moquez peut-être ? Jamais une femme ne refusa, comme vous, de devenir l'amie du roi ! Dame, je vous en prie, le roi vous aime plus que tout au monde, ayez pitié de lui. De grands malheurs pourraient résulter de votre refus : ni vous, ni le duc ne pouvez résister à la volonté du roi.

— C'est pourtant ce que je ferai, avec l'aide de Dieu. Je ne veux plus me retrouver en sa présence.

Ils se séparèrent et Ulfin vint rendre compte au roi de la réponse d'Ygerne.

— C'est ainsi que devait répondre une femme de grande vertu, soupira Uter. Mais ne cesse pas pour autant de la prier, ajouta-t-il à l'intention d'Ulfin.

Le lendemain, le roi prit place à table, avec le duc à son côté. Devant lui était posée une magnifique coupe en or. Ulfin s'approcha discrètement d'Uter pour lui souffler à l'oreille :

— Seigneur, Ygerne est assise là-bas, à l'autre bout de la salle, au milieu des dames. Faites-lui porter cette coupe, et insistez auprès du duc pour qu'elle accepte.

Le roi releva la tête et s'adressa au duc :

— Seigneur, voyez cette belle coupe. Priez donc Ygerne, votre épouse, de l'accepter et d'y boire pour l'amour de moi. Je la lui ferai porter, remplie de bon vin, par un de vos chevaliers.

— Grand merci, seigneur, répondit le duc, qui ne pensait pas à mal. Ce sera un plaisir pour elle. Bretel, dit-il alors à l'un de ses chevaliers, donnez cette coupe à votre maîtresse de la part du roi, et dites-lui que je l'invite à la boire pour l'amour de lui.

Bretel prit la coupe et se dirigea vers Ygerne, attablée avec les dames.

— Dame, fit-il en s'agenouillant devant elle, le roi vous envoie cette coupe, et mon seigneur le duc vous demande de l'accepter et d'y boire pour l'amour de celui qui vous l'offre.

Ygerne, très gênée, n'osa pas refuser. En rougissant, elle prit la coupe, y but, et voulut la renvoyer au roi.

— Dame, intervint Bretel, vous devez la garder. Le duc l'a bien recommandé, sur la prière du roi.

Elle la conserva donc et Bretel revint vers Uter pour le remercier de la part de celle qui n'en avait pourtant soufflé mot. Tandis que le roi se félicitait de son succès, Ygerne resta longuement pensive, en proie au mécontentement. À la fin du repas, elle fit signe à Ulfin.

— Votre maître a trouvé moyen de m'envoyer une coupe, en usant de perfidie. Mais qu'il sache bien qu'il n'y gagnera rien. Dès demain, avant le lever du jour, je vais dénoncer à mon mari ce que vous complotez contre mon honneur et le sien.

— Dame, soyez raisonnable ! Quand une femme fait ce genre d'aveu à son mari, il perd toute confiance en elle !

— Au diable les précautions ! fit Ygerne, et elle laissa là Ulfin.

Le roi avait fini son repas. Après s'être lavé les mains, il proposa au duc :

— Allons donc voir ces dames.

— Bien volontiers.

Main dans la main, ils se rendirent auprès d'elles. Mais le roi n'y venait que pour Ygerne, et celle-ci le savait bien. Elle dut supporter sa présence jusqu'au soir, puis elle put enfin rentrer chez elle.

À son retour, un peu plus tard, le duc la trouva en larmes dans sa chambre. Tout étonné, il la prit tendrement dans ses bras et lui demanda ce qu'elle avait.

— Ah, seigneur, je voudrais être morte !

— Mais comment est-ce possible ? Que se passe-t-il ?

— Je ne vous le cacherai pas, car je vous aime plus que tout au monde. Le roi prétend m'aimer. Toutes ces cours qu'il tient ne sont que des prétextes : ce qu'il veut, c'est vous y faire venir avec moi. Déjà, je l'avais compris lors de la fête précédente. Je m'étais défendue contre ses avances, en refusant tous ses cadeaux. Et voilà que vous m'avez obligée à accepter cette coupe, apportée par Bretel, cette coupe où j'ai dû boire pour l'amour de lui ! Je voudrais être morte, car je ne parviens plus à me défendre contre ses assiduités, ni contre les manœuvres de son conseiller Ulfin. Voilà, je vous ai dit la vérité, et j'ai peur que tout cela ne cause de grands malheurs. Mais je vous supplie, puisque vous êtes mon époux, de m'emmener loin d'ici, à Tintagel[1].

Le duc aimait passionnément sa femme. Furieux de ces révélations, il réunit discrètement ses chevaliers présents dans la cité.

— Préparez-vous, leur dit-il, à quitter la ville dans le plus grand secret. Ne me posez pas de questions pour l'instant, mais sachez que je dois partir d'ici immédiatement.

---

1. Ville de Cornouailles, au sud-ouest de l'Angleterre.

— À vos ordres.

— Vous ne prendrez que vos armes et vos chevaux, et laisserez ici vos bagages ; il sera bien temps plus tard de les faire suivre. Le roi et les siens doivent tout ignorer de mon départ.

Ses ordres furent exécutés. Le duc fit amener son cheval et le palefroi d'Ygerne, et, avec leur suite, ils partirent dans la plus grande discrétion pour regagner leur pays.

10

La guerre

Au matin, le roi apprit avec stupéfaction le départ du duc de Tintagel. À la fois ulcéré et peiné d'avoir perdu Ygerne, Uter convoqua ses barons. Devant son conseil réuni au grand complet, il exposa l'affront que lui avait fait le duc en quittant sa cour sans demander congé[1].

— Je ne saurais tolérer une telle humiliation, conclut-il.

— Seigneur, répondirent les barons, stupéfaits, le duc a toujours été un vassal exemplaire. Comment a-t-il pu commettre une pareille folie ?

Ils ignoraient en effet les raisons de son départ.

— Vous avez été témoins, reprit le roi, de la façon

---

1. Au Moyen Âge, on ne peut quitter quelqu'un sans lui *demander congé*, c'est-à-dire l'autorisation de s'en aller. Celui qui agit ainsi, surtout envers son suzerain ou son roi, commet une grave offense.

dont je l'ai traité quand il était à ma cour, et de toutes les faveurs dont je l'ai comblé.

— C'est vrai. On comprend mal comment il a pu concevoir une telle offense.

— Si vous êtes d'accord, je lui demanderai réparation. Il devra faire amende honorable[1], et revenir devant ma cour exactement comme il est parti, pour se justifier.

Le conseil approuva cette proposition, et deux barons furent délégués pour porter le message royal à Tintagel. Quand le duc apprit qu'il devait se présenter à la cour comme il était parti, c'est-à-dire avec Ygerne, il répondit aux messagers :

— Seigneurs, vous pouvez dire au roi que je ne retournerai pas à sa cour.

« Il s'est trop mal conduit envers moi et les miens, en actes et en paroles. Je prends Dieu à témoin de mon refus : il sait pourquoi je ne peux plus faire confiance au roi, mon suzerain.

Les envoyés retournèrent porter cette réponse au roi. Après leur départ, le duc expliqua à ses vassaux, réunis en conseil privé, pourquoi il avait quitté Carduel, et les manœuvres perfides du roi pour séduire sa femme.

— Seigneur, répondirent les barons, indignés, une telle conduite de la part d'un suzerain est intolérable !

— Les choses en resteront peut-être là. Mais si le roi m'attaque, je vous demande à tous, comme c'est votre devoir, de m'aider à défendre ma terre.

_____

1. *Faire amende honorable*, c'est reconnaître publiquement qu'on a commis une faute, et en demander pardon.

— Seigneurs, nous n'y manquerons pas, et même au péril de notre vie !

Quand la réponse fut rapportée à Carduel, le conseil fut unanime à blâmer la folie du duc, lui qu'on prenait jusque-là pour un homme raisonnable. Le roi pria donc ses barons de l'aider à réparer l'offense faite à sa cour, et ils ne s'y opposèrent pas. Ils proposèrent toutefois qu'un délai de quarante jours soit accordé au duc entre la déclaration de guerre et le début des hostilités. Uter envoya donc ses messagers pour porter son défi au duc, et demanda à ses hommes de se rassembler, en armes, quarante jours plus tard.

Quand le duc reçut le message, il fit répondre qu'il se défendrait comme il le pourrait, si on l'attaquait. Puis il convoqua ses gens et commença ses préparatifs de défense. Il ne possédait que deux châteaux assez bien fortifiés pour résister au roi. Il décida de laisser son épouse à Tintagel : la forteresse pouvait être défendue par une dizaine de chevaliers, avec l'aide des gens de la ville. Pour lui, il gagnerait avec ses troupes l'autre château, moins puissant, pour le fortifier en hâte avant l'arrivée du roi.

Très irrité par ces nouvelles, Uter rassembla son armée à la frontière des terres du duc, et aussitôt que le délai fut écoulé, il les envahit, s'emparant des châteaux et des villes, ravageant le pays. Il avait appris que le duc était dans une place forte et sa femme dans une autre. Il consulta ses conseillers : quelle forteresse devait-il assiéger en premier ?

— Seigneur, tâchez de vous emparer du duc. Vous serez maître alors de tout le pays.

Le roi se rangea à leur avis. Comme il chevauchait avec ses hommes vers la forteresse du duc, il demanda à Ulfin :

— Et que ferai-je pour Ygerne ?

— Seigneur, quand on ne peut pas avoir quelque chose, il faut savoir s'en passer ! Emparez-vous d'abord du duc, et vous viendrez bien à bout du reste.

Le roi vint donc assiéger le duc dans son château. Il lui livra de nombreux et rudes assauts, mais sans résultat, car le duc se défendait courageusement.

Le siège traînait en longueur, et le roi en était très affecté, car son amour pour Ygerne le tourmentait. Un jour qu'il était là, dans sa tente, accablé, il se mit à pleurer. Ses hommes, n'osant le questionner, allèrent trouver Ulfin, qui accourut et lui demanda, consterné, la raison de ses larmes.

— Tu sais bien pourquoi je pleure, Ulfin ! Je meurs d'amour pour Ygerne. J'en perds le boire et le manger, et le sommeil m'a déserté. Je vais donc mourir, puisque mon mal est sans remède.

— Mourir pour l'amour d'une femme ? Quel manque de fermeté ! Mais je vais vous donner un bon conseil : faites chercher Merlin. Vous pouvez être sûr qu'il trouvera une solution à vos tourments.

— Voilà bien longtemps qu'il n'est pas venu me voir. Il connaît sûrement mon malheur, mais il me désapprouve peut-être d'aimer l'épouse de mon vassal ? Et puis tu sais bien qu'il m'a recommandé de ne jamais l'envoyer chercher.

— Seigneur, il vous porte une grande affection. Soyez certain que, s'il voit votre angoisse, il ne tardera pas à être auprès de vous. Mais, de votre côté, vous devez faire bonne figure devant vos vassaux. Dominez votre tristesse et tenez-vous en compagnie de vos hommes : votre chagrin en sera allégé.

Un peu réconforté, le roi reprit courage et lança de nouveaux assauts contre la forteresse, mais sans succès.

Un jour qu'il traversait le camp à cheval, Ulfin rencontra un inconnu.

— Seigneur Ulfin, lui dit l'homme, j'aimerais vous parler là-bas, à l'écart.

— Je suis d'accord.

Ulfin mit pied à terre et accompagna l'homme à l'extérieur du camp. Il lui demanda qui il était.

— Je suis un vieillard, comme vous pouvez le voir. Quand j'étais jeune, on me considérait comme un sage, mais maintenant, on dit simplement que je radote. Je vous apprendrai pourtant un secret : j'étais récemment à Tintagel et là, j'ai fait la connaissance d'un conseiller du duc. Il m'a dit que votre roi était amoureux de la duchesse, Ygerne, et que c'était pour cette raison qu'il ravageait la terre du duc. Si j'étais sûr d'obtenir du roi une bonne récompense, je connais quelqu'un qui pourrait lui ménager une entrevue avec Ygerne.

Ulfin fut très surpris des paroles du vieillard. Comment pouvait-il être si bien informé de ces choses qu'on avait tenues secrètes ?

— Pourrais-tu me mettre en rapport avec cette personne ? lui demanda-t-il.

— Je veux d'abord savoir, dit le vieillard, si le roi m'accordera la récompense !

— Je vais aller lui en parler. Seras-tu encore ici quand je reviendrai ?

— Oui, vous me retrouverez ici demain matin, moi ou mon messager.

Ulfin revint auprès du roi pour tout lui rapporter. À ses paroles, le visage d'Uter s'éclaira, et il se mit à rire :

— Ulfin, connais-tu cet homme ?

— Oui, c'est un vieillard, très affaibli par son grand âge.

— Et quand iras-tu le retrouver ?

— Demain matin, mais je dois lui dire la récompense qu'il recevra.

— Eh bien, j'irai avec toi au rendez-vous. Et tu peux lui offrir de ma part tout ce qu'il désirera.

Ce soir-là, Uter fut de meilleure humeur qu'il ne l'avait été depuis longtemps.

Le lendemain matin, après la messe, le roi suivit Ulfin. Une fois sortis du camp à cheval, les deux hommes virent un infirme tout difforme, et qui avait l'air presque aveugle. Quand ils passèrent devant lui, l'homme s'écria d'une voix forte :

— Roi, accorde-moi un cadeau de grande valeur, et en échange Dieu exaucera ton désir le plus cher !

Le roi, qui l'avait déjà dépassé, se retourna pour mieux le regarder, puis il dit en riant à Ulfin :

— Ulfin, voudrais-tu faire quelque chose pour moi ? Tu as entendu ce que cet infirme m'a réclamé. Eh bien, va te remettre entre ses mains, et dis-lui que je t'ai donné à lui, car je ne saurais lui faire un cadeau de plus grande valeur !

Ulfin revint sur ses pas pour se présenter au mendiant.

— Le roi m'envoie à vous. Il veut que je vous appartienne.

— Le roi a vu clair dans mon jeu ! s'exclama en riant l'infirme. Il a tout deviné, car il me connaît bien mieux que toi. Retourne le voir et dis-lui qu'il aurait grand tort de se défaire de toi, mais que je suis content d'avoir été si vite reconnu.

— Oserai-je vous demander qui vous êtes ?

— Pose plutôt la question au roi !

Ulfin retourna auprès de son maître.

— Pourquoi es-tu revenu ? lui dit Uter. Je t'avais donné en cadeau à cet infirme !

— Il m'a dit qu'il était heureux que vous l'ayez reconnu, et aussi que vous pouviez me dire qui il est.

— Je te le dirai. Mais allons le retrouver.

Les deux hommes firent demi-tour et revinrent sur leurs pas à vive allure, mais quand ils parvinrent à l'endroit où ils avaient laissé l'infirme, celui-ci avait disparu.

— Sais-tu, dit le roi à Ulfin, qui est l'infirme que tu as rencontré aujourd'hui ? Eh bien, c'est celui que tu as vu hier sous l'apparence d'un vieillard.

— Est-ce possible ? Changer ainsi d'apparence ! Qui peut-il bien être ?

— C'est Merlin, sois en sûr, qui est en train de se moquer de nous. Mais ne crains rien, quand il voudra nous parler, il nous le fera savoir.

Comme ils regagnaient le camp à cheval, un écuyer s'approcha d'Uter pour lui dire que Merlin voulait le voir. Transporté de joie à cette nouvelle, le roi dit à Ulfin :

— Merlin est là ! Tu vois, ce que je t'avais dit se réalise. Je savais bien qu'il était inutile de l'envoyer chercher.

— Seigneur, faites tout ce qu'il vous dira. Personne mieux que lui ne peut vous aider à obtenir l'amour d'Ygerne.

Merlin attendait le roi dans sa tente. Il avait repris l'apparence sous laquelle on le connaissait à la cour. Dès qu'il le vit, Uter lui souhaita la bienvenue. Puis il lui jeta les bras autour du cou, le serrant contre lui avec effusion.

— Jamais je n'ai attendu avec autant d'impatience la venue de quelqu'un ! Que te dire, Merlin, que tu ne saches déjà ? Mes tourments, mes longues peines, tu les connais.

— Fais venir Ulfin, que tu as laissé devant la tente. Lui as-tu dit qui j'étais ?

— Je lui ai révélé que le vieillard et l'infirme n'étaient autres que toi.

Ulfin fut introduit dans la tente et salua Merlin. Mais il ne pouvait s'empêcher de le regarder fixement.

— C'est à peine croyable ! murmura-t-il.

— Eh oui, lui dit Merlin, c'est bien moi que tu as rencontré sous les traits du vieillard et de l'infirme !

— Seigneur, dit Ulfin en se tournant vers le roi, parlez donc à Merlin de vos soucis.

— Je ne sais que lui dire, car il lit dans mon cœur et je ne peux rien lui cacher. Mais je le supplie, au nom de Dieu et de l'amitié qui nous lie, de m'aider à conquérir l'amour d'Ygerne.

— Si tu es prêt à satisfaire ma demande, je te ferai obtenir les faveurs d'Ygerne, et tu coucheras avec elle dans sa chambre.

— Je suis prêt à t'accorder tout ce que tu voudras ! s'écria Uter.

— Tu ne connais pas encore le prix de ce que je te demanderai. Ne t'engage pas à la légère !

— Quelle garantie veux-tu ?

— Tu prêteras serment sur les reliques, et Ulfin avec toi. Tu jureras de m'accorder ce que je te demanderai le lendemain du jour où tu coucheras avec Ygerne.

Le roi fit apporter les reliques les plus précieuses, et il prêta le serment dans les termes mêmes où Merlin l'avait formulé. Il jura de satisfaire sa demande en toute bonne foi et sans tricherie, aussitôt le service rendu. Ulfin jura à son tour qu'avec l'aide de Dieu, la promesse du roi serait scrupuleusement tenue. Merlin prit acte de ces engagements.

— L'affaire est entre tes mains, maintenant, dit le roi à Merlin, tout impatient de voir ses vœux exaucés.

— Tu vas devoir agir avec tact, car Ygerne est une épouse vertueuse, fidèle aux serments du mariage. Voici par quelle ruse je pourrai exaucer tes désirs : je vais te donner l'apparence du duc, et personne ne te reconnaîtra. Comme tu le sais, le duc a deux chevaliers qui sont ses familiers les plus proches : l'un se nomme Bretel, l'autre Jordain. Je donnerai à Ulfin l'apparence de Jordain, et moi je prendrai celle de Bretel. Nous nous rendrons ensemble à Tintagel, dont je ferai ouvrir les portes. Je t'introduirai chez Ygerne, et tu pourras coucher avec elle, pendant qu'Ulfin et moi nous passerons la nuit au château. Il nous faudra partir de très bon matin, et là, nous apprendrons de surprenantes nouvelles. Pendant ce temps, tu laisseras à tes barons la garde du camp. Interdis à quiconque de s'approcher du château du duc en ton absence, et surtout, ne révèle à personne où tu comptes aller.

— Tout sera conforme à tes instructions.

Quand il revint avec Ulfin, après avoir donné ses ordres, Ulfin était prêt.

— Il n'y a plus qu'à monter à cheval. Nous prendrons nos nouvelles apparences en cours de route.

Le soir tombait quand ils arrivèrent en vue de Tintagel.

— Reste ici, dit Merlin au roi. Ulfin et moi allons continuer la route ensemble.

Au bout d'un instant, il revint seul auprès d'Uter, à qui il présenta une herbe.

— Frotte-toi le visage et les mains avec cette herbe.

Le roi s'exécuta et, une fois l'opération terminée, il avait l'exacte apparence du duc.

— Tu te rappelles bien la figure de Jordain ? lui demanda Merlin.

— Oui, je la connais parfaitement.

— Eh bien, rejoignons Ulfin !

Ils allèrent le retrouver. Il ressemblait trait pour trait à Jordain. En voyant le roi, Ulfin fit un signe de croix.

— Seigneur Dieu, est-ce possible ? Je crois parler au duc en personne !

— Et toi, tu ressembles exactement à Jordain.

Ils se retournèrent vers Merlin et crurent se trouver en face de Bretel.

Les trois compagnons attendirent la nuit en devisant. Quand elle fut tombée, ils se dirigèrent vers la porte de la cité de Tintagel. Merlin, méconnaissable sous les traits de Bretel, appela le portier :

— Ouvrez, voici le duc !

Les sentinelles accoururent, reconnurent immédiatement Bretel, avec le duc et Jordain, et ouvrirent tout grand la porte de la ville. Les trois hommes chevauchèrent vers le palais du duc, où ils mirent pied à terre.

— Aie bien soin de te montrer aussi gai et empressé que le duc ! chuchota Merlin à l'oreille d'Uter.

La duchesse avait été prévenue par les gardes de leur arrivée, et elle attendait le duc dans sa chambre. Merlin et Ulfin, après l'avoir saluée, aidèrent Uter à se déchausser et à se mettre au lit, puis ils sortirent afin de garder la porte.

C'est ainsi que le roi Uter Pendragon partagea le lit d'Ygerne. La dame l'accueillit avec toute l'ardeur dont elle aurait fait preuve envers le duc, qu'elle aimait tendrement. Cette nuit-là fut engendré le bon roi qu'on appela plus tard Arthur. Ils restèrent ensemble jusqu'à l'aube.

11

Le mariage d'Uter Pendragon

Au point du jour une nouvelle se répandit dans la ville de Tintagel : le duc était mort et son château conquis. Quand la rumeur parvint au palais, les faux Jordain et Bretel, qui avaient passé la nuit à garder la porte, pénétrèrent dans la chambre.

— Seigneur ! Levez-vous vite et regagnez votre château, car vos gens vous croient mort !

— Cela n'a rien d'étonnant, dit-il en bondissant hors du lit. J'ai quitté les lieux dans le plus grand secret.

Puis il dit au revoir à Ygerne en l'embrassant tendrement. Les trois hommes quittèrent au plus vite le palais sans avoir été reconnus. Une fois dehors, le roi se félicita du succès de leur plan.

— J'ai bien tenu ma promesse, lui dit Merlin. Maintenant, n'oublie pas la tienne !

— Sois sans crainte, Merlin. Tu m'as rendu un

service inestimable, et offert la plus grande des joies. Je tiendrai ma promesse, avec l'aide de Dieu.

— J'y compte bien. Apprends que tu as engendré cette nuit un enfant mâle dans le sein d'Ygerne. Tu feras noter par écrit le jour et l'heure où tu as couché avec elle, et tu sauras ainsi si je t'ai bien dit la vérité. Mais cet enfant ne t'appartient plus : tu me l'as donné, avec tous les droits que tu as sur lui.

— Tu as ma parole. Je ferai ce que tu veux, et tu auras l'enfant.

Ils chevauchèrent jusqu'à une rivière, où Merlin leur ordonna de se laver, et les deux hommes reprirent leur apparence habituelle. Puis ils retournèrent vers le camp à bride abattue. Dès leur arrivée, les vassaux du roi s'attroupèrent autour de lui pour lui apprendre que le duc était mort.

— Mais comment cela s'est-il passé ? les interrogea Uter.

— Quand vous êtes parti, tout était calme dans le camp. Mais le duc s'est aperçu de votre absence et a voulu en profiter pour tenter une sortie. Il a fait armer ses gens, chevaliers et hommes d'armes, et a soudainement envahi le camp, causant des gros dommages. Mais, sitôt l'alarme donnée, les nôtres se sont ressaisis et se sont équipés en toute hâte. Fonçant sur eux, ils les ont repoussés jusque devant la porte du château. Le duc, au milieu des siens, a fait face avec une rare vaillance, mais son cheval a été tué. Désarçonné, il est tombé à terre parmi la piétaille[1]. Vos hommes ne l'ont

---

1. Combattants à pied non nobles, à la différence des chevaliers, combattants à cheval.

pas reconnu dans l'obscurité, et il a péri sous leurs coups. De notre côté, nous avons continué la bataille, mais une fois le duc mort, ses troupes n'ont pas résisté longtemps, et nous sommes entrés dans la ville.

— Cette mort m'afflige beaucoup, leur répondit le roi.

C'est ainsi que mourut le duc de Tintagel et que fut prise sa ville. Le roi réunit ses barons pour leur expliquer le malheur survenu au duc.

— Seigneurs, cet événement m'attriste grandement, car je n'ai jamais haï le duc au point de chercher à le tuer. Mais que dois-je faire ? Je ne voudrais pas que l'on me reproche sa mort.

Ulfin parla le premier, car il était très intime avec le roi :

— Seigneur, le mal est fait, mais il nous faut le réparer au mieux. Qu'en pensez-vous, seigneurs ? demanda-t-il aux autres barons. Quelle réparation proposer à la duchesse et à ses parents pour la mort du duc de Tintagel ? Vous devez conseiller le roi, votre suzerain.

— Nous le ferons volontiers, Ulfin. Mais c'est vous qui êtes le plus intime avec lui. Vous devez donc savoir mieux que nous ce qui lui semblera acceptable.

— Mes propositions risquent de vous surprendre.

— Nous vous faisons confiance, car vous êtes loyal et de bon conseil.

— Eh bien, voici mon avis : je conseillerais au roi, dans un premier temps, de réunir à Tintagel tous les parents et amis du duc et de sa femme. Il y enverrait ses ambassadeurs pour ouvrir une enquête sur la mort du duc, et discuter des conditions de la paix. Il offrirait une réparation telle que tout refus de leur part semblerait déraisonnable. Ainsi, sa bonne volonté serait manifeste.

Cette proposition reçut l'entière approbation des barons et du roi lui-même. Uter fit donc demander aux parents du duc de se rendre sous sauf-conduit[1] à Tintagel, car il voulait réparer tous ses torts à leur égard. Le soir même, Merlin vint le trouver.

— Que penses-tu, lui dit-il, de la proposition d'Ulfin ?

— Elle me paraît excellente, répondit le roi.

— Elle l'est, et encore plus que tu ne peux l'imaginer. Ulfin est un homme sage et loyal, et il n'a encore dévoilé que la première partie de son plan. Pour le reste, il croit être le seul à le connaître, mais je n'en ignore rien. Je puis t'assurer qu'il n'existe pas meilleure solution pour une paix honorable.

— Et quelle est cette solution ?

Merlin lui expliqua le plan élaboré par Ulfin.

— Et toi, Merlin, demanda le roi tout heureux, que me conseilles-tu ?

— La solution envisagée par Ulfin est la meilleure et la plus honnête qui soit, et elle comblera les plus chers désirs de ton cœur. Pour moi, je vais m'en aller, mais auparavant, je veux te parler en présence d'Ulfin. Après mon départ, tu auras loisir de lui demander tous les détails de son plan.

On fit donc appeler Ulfin, et, en sa présence, Merlin s'adressa au roi :

---

1. Un *sauf-conduit* est un document permettant de circuler en sécurité dans un pays ennemi.

— Uter, tu as promis de me donner l'enfant mâle que tu as conçu, et en effet, il n'est pas possible que tu le reconnaisses comme ton fils. Cet enfant a été engendré grâce à moi, tu le sais, et je serais coupable si je ne venais pas en aide à lui et à sa mère : celle-ci pourrait rougir de sa naissance, et une femme est peu armée pour faire face au scandale. Tu as noté par écrit le jour et l'heure où l'enfant fut conçu. Je veux maintenant qu'Ulfin fasse une copie de ce document et la garde précieusement. Tu ne me reverras plus avant la naissance, mais tu peux faire toute confiance à Ulfin : il t'est totalement dévoué et saura te conseiller pour ton profit et ton honneur.

Ulfin nota soigneusement la date et l'heure de la conception, puis il se retira. Merlin, resté seul avec le roi, lui fit ses dernières recommandations :

— Uter, tu vas épouser Ygerne. Mais prends bien garde : elle doit ignorer que tu as couché avec elle cette nuit-là. Ainsi, elle sera à ta merci quand tu la questionneras sur sa grossesse et sur le père de l'enfant. Dans sa confusion, elle ne pourra refuser de te le remettre.

Sur ces paroles, Merlin prit congé du roi pour retourner dans le Northumberland auprès de Maître Blaise. Celui-ci nota par écrit tous ces événements, et c'est grâce à lui que nous en avons maintenant connaissance.

Quand la nouvelle parvint au roi que les vassaux et parents de la duchesse étaient réunis à Tintagel, il convoqua ses propres vassaux :

— Seigneurs, voici venu le moment pour vous de

gagner Tintagel. Une fois là-bas, vous demanderez une entrevue avec la duchesse et les siens. Vous leur ferez comprendre que toute résistance est vaine et que je suis prêt à accepter les propositions qu'ils jugeront bonnes.

— Seigneur, c'est ce que nous souhaitons aussi.

Les ambassadeurs allèrent à Tintagel trouver la duchesse et ses parents. Ils leur exposèrent que la mort du duc était due à sa trop grande bravoure. Le roi en avait été très peiné, et il souhaitait conclure un accord de paix avec la dame et ses parents. Les conseillers de la duchesse virent bien qu'il était impossible d'opposer une résistance au roi. Ils demandèrent toutefois à ses envoyés de se retirer un moment, afin qu'eux-mêmes puissent en discuter.

— Seigneurs, se dirent-ils entre eux, les ambassadeurs ont raison. Le duc est mort pour sa trop grande audace, et maintenant, il est impossible de résister. Mais nous devons savoir quelle paix Uter Pendragon nous offre. Si ses conditions sont acceptables, il ne faut pas les refuser.

Ils rendirent leurs conclusions à la duchesse, qui leur répondit :

— Seigneurs, du vivant de mon mari, j'ai toujours écouté ses conseils. J'agirai de même avec vous.

Les conseillers firent revenir les ambassadeurs, et le plus sage d'entre eux prit la parole :

— Seigneurs, ma dame nous a consultés. Elle voudrait savoir quelle réparation lui offre le roi pour la mort de son mari.

— Nous ignorons les intentions du roi. Mais nous

savons qu'il compte s'en remettre à l'avis de ses barons.

— Dans ce cas, nous pouvons espérer une réparation honorable : vous êtes des hommes d'honneur et vous saurez conseiller le roi comme il convient.

On fixa un rendez-vous à une quinzaine de jours : la dame et ses parents se présenteraient devant le roi pour entendre ses propositions. Les ambassadeurs revinrent auprès d'Uter pour lui rendre compte de leur mission et de la décision de la duchesse. Le roi les assura qu'ils auraient les sauf-conduits nécessaires pour elle et sa suite.

Quand la duchesse se présenta au camp quinze jours plus tard, le roi avait réuni le conseil de ses barons. Il fit installer la dame et sa suite dans une tente richement parée et leur envoya ses barons chargés de s'enquérir de leurs propositions.

— Seigneurs, leur fut-il répondu, notre dame n'est pas venue pour présenter une demande, mais pour savoir ce qui lui sera offert en dédommagement de la mort de son époux.

Cette réponse fut rapportée au roi, qui la jugea raisonnable. Il prit à part ses conseillers pour les consulter.

— Seigneur, répondirent-ils, vous seul pouvez savoir quel accord vous voulez conclure, et quel est votre état d'esprit.

— Je vais vous dire ma pensée : vous êtes mes vassaux et des hommes d'honneur. Je m'en remets donc entièrement à vous.

— Seigneur, quelle lourde responsabilité ! Demandez au moins à Ulfin de participer à notre délibération. Il vous connaît mieux que nous, et ses avis nous éclaireront.

Le roi, très heureux de cette proposition, dit à Ulfin :

— Ulfin, je t'ai élevé et j'ai fait de toi un homme puissant. D'autre part, je connais ta sagesse. Va avec eux et donne-leur ton opinion, je t'y autorise.

Ulfin se retira pour délibérer avec les barons. Ceux-ci voulaient connaître son avis.

— Comme vous l'avez entendu, répondit-il, le roi s'en remet à vous. Allons trouver la duchesse pour savoir si elle en fera autant vis-à-vis de son conseil.

La duchesse et ses conseillers leur ayant fourni une assurance identique, ils reprirent leur délibération, et commencèrent à échanger leurs opinions. Quand tous eurent donné leur avis, ils demandèrent à Ulfin ce qu'il envisageait.

— Seigneurs, voici ma proposition, je n'en ferai pas mystère. Le duc est mort à cause du roi. Quel que soit son tort envers lui, il n'avait pas commis une faute qui mérite la mort, cela est certain. Sa femme est la meilleure dame du royaume, la plus belle et la plus vertueuse. Elle a aussi plusieurs enfants à sa charge, vous le savez, et le roi a ravagé sa terre. D'autre part, les parents du duc ont subi une lourde perte avec la mort de leur seigneur. Il est donc juste que le roi compense, en partie au moins, cette perte, et qu'il tente de gagner leur amitié. Enfin, comme vous le savez également, le roi n'a pas d'épouse. Je déclare quant à moi que le seul moyen pour lui de réparer le préjudice commis est d'épouser Ygerne. Je pense même que c'est son devoir. Qu'il marie aussi la fille aînée du duc au roi Lot d'Orcanie, ici présent. Il agira de cette façon pour réparer le tort qu'il leur a causé à tous, mais aussi pour se concilier leur bienveillance, afin que les parents du duc le considèrent désormais comme un ami. Voilà ce que je propose, pour le plus grand bien du royaume. Mais, si vous n'êtes pas d'accord, vous avez toute liberté de le dire.

— Seigneur, déclarèrent-ils en chœur, c'est la meilleure solution possible ! C'est aussi la plus audacieuse, et nous n'aurions pas osé y songer. Mais si vous osez la présenter au roi, vous n'aurez aucune opposition de notre part.

— Ce n'est pas suffisant. J'ai besoin de votre plein accord pour en référer à Uter. Voici le roi d'Orcanie, dont dépend une grande partie de la proposition. Quel est son avis ?

— Autant qu'il en dépend de moi, je ne ferai pas obstacle à cette paix.

Cette déclaration reçut l'approbation de tous les barons, et ils allèrent rejoindre le roi dans sa tente, où l'on fit venir aussi la duchesse et ses conseillers. Les uns et les autres s'assirent, et Ulfin resta seul debout pour exposer les conditions de paix proposées.

— Approuvez-vous ces dispositions ? demanda-t-il aux barons.

— Oui, répondirent-ils d'une seule voix.

— Et vous, seigneur, reprit Ulfin en se tournant vers le roi, qu'en dites-vous ? Acceptez-vous les propositions de vos barons ?

— Oui, je donne mon plein consentement à cet accord, s'il satisfait la dame et ses parents, et si le roi d'Orcanie l'accepte.

— Seigneur, répliqua le roi Lot, je ferai tout ce qui vous semblera bon, pour votre bien et celui du royaume.

Ulfin se tourna alors vers la duchesse et ses conseillers :

— Êtes-vous satisfaits de cet accord de paix ?

La duchesse et les siens étaient si bouleversés que les larmes leur étaient montées aux yeux. Leur porte-parole répondit avec une grande dignité :

— Jamais seigneur n'a offert plus honorable réparation à son vassal.

— Vous acceptez cet accord ? reprit Ulfin en regardant la duchesse.

La dame resta silencieuse, mais ses parents répondirent en chœur :

— Nous ne pouvons qu'accepter cet accord. Le roi est si honnête et loyal que nous nous fions entièrement à lui.

C'est ainsi que fut conclue la paix. Uter Pendragon épousa Ygerne, et le roi Lot d'Orcanie la fille aînée de la duchesse, âgée de quinze ans. De cette dernière devaient naître un jour Gauvain, puis Gaheriet, Agravain, Guerrehet et Mordret. Quant à la plus jeune fille du duc, Morgane, le roi la fit instruire dans un couvent de femmes. Elle devint si savante en toutes les sciences qu'on devait l'appeler Morgane la fée.

12

La naissance d'Arthur

Les noces du roi avec Ygerne eurent lieu trois mois après la nuit où il était venu la rejoindre à Tintagel. Peu après son mariage, la grossesse de la dame commença à devenir visible. Une nuit où Uter était couché à côté d'elle, il posa la main sur son ventre et lui demanda de qui elle était enceinte.

— Cet enfant ne peut être de moi, car notre mariage est trop récent. Quant au duc, la dernière fois où vous avez pu le voir remonte à fort longtemps, avant le siège du château.

La reine, à ces mots, se mit à pleurer, tant était grande sa confusion.

— Seigneur, vous voyez ce qu'il en est, et je ne peux vous mentir. Mais ayez pitié de moi, au nom de Dieu : si vous m'assurez que vous ne m'abandonnerez pas, je vous révélerai l'incroyable vérité.

— Parlez, et soyez certaine que je ne vous abandonnerai pas.

Un peu réconfortée, Ygerne poursuivit :

— Je vais vous raconter une histoire étrange, et même inimaginable.

Et elle lui expliqua comment elle avait couché avec un homme qui ressemblait trait pour trait à son mari.

— Plus étrange encore, continua-t-elle, il est arrivé à Tintagel en compagnie de deux cavaliers qui ressemblaient parfaitement aux plus proches familiers du duc, Bretel et Jordain. Il est venu me rejoindre dans ma chambre, sans se cacher aucunement, et il a couché avec moi. J'étais persuadée qu'il s'agissait de mon époux, et c'est lui qui m'a fait l'enfant que je porte. Et tout cela s'est passé la nuit même où mon mari a été tué, devant le château qu'il défendait. D'ailleurs, l'homme était encore dans mon lit quand on a appris la nouvelle de la mort du duc. Il m'a dit qu'effectivement, ses gens ne savaient pas où il était, et puis il est parti.

— Mon amie, dit Uter quand elle eut terminé son récit, je vous crois, car j'ai confiance en vous. Mais si quelqu'un, homme ou femme, apprenait votre grossesse, vous seriez déshonorée. Prenez donc garde à la cacher du mieux que vous pourrez. Quant à cet enfant qui va venir au monde, il n'est ni le mien ni le vôtre. Ni vous ni moi n'en avons rien à faire. Je vous prie donc, dès sa naissance, de le remettre à la personne qui aura reçu mes ordres, et nous n'entendrons plus parler de lui.

— Seigneur, je ferai en tout point ce que vous me commanderez, puisque je suis à vous.

Le roi alla informer Ulfin de sa conversation avec la reine.

— Seigneur, lui dit Ulfin, vous voyez à quel point Ygerne est honnête et franche. Elle ne vous a rien caché de son incroyable mésaventure. Vous avez en outre grandement facilité le projet de Merlin, qui pourra ainsi obtenir l'enfant.

Un mois avant la date prévue pour la naissance, Merlin revint à la cour. Il s'entretint secrètement avec Ulfin, qui le mit au courant de tout ce qu'il voulait savoir. Puis ils allèrent trouver le roi, et Uter raconta à Merlin comment il avait pu épouser Ygerne, au terme de l'accord proposé par Ulfin.

— Voilà donc Ulfin lavé du péché qu'il a commis en favorisant tes amours avec la duchesse ! s'exclama Merlin. Mais moi, j'ai encore à réparer ma faute envers la mère et l'enfant : c'est moi qui t'ai aidé à tromper Ygerne et à la rendre enceinte d'un enfant sans père.

— Tu es bien assez sage et habile pour arranger tout cela au mieux.

— Certes, mais j'ai besoin de ton aide.

— Je ferai tout ce qui est en mon pouvoir. Pour ce qui est de l'enfant, sois sans crainte, tu l'auras.

— Il y a dans cette ville, reprit Merlin, un homme parmi les plus honorables et fidèles de ton royaume. Son épouse, une noble femme, vertueuse et loyale, vient d'accoucher d'un fils, et le couple n'a pas de grandes ressources. Voilà ce que je te demande : fais-le venir et donne-lui une belle somme d'argent. En échange, lui et sa femme s'engageront, en jurant sur les reliques, à élever l'enfant qui leur sera apporté ultérieurement. La femme devra l'allaiter comme s'il était le sien et, pour cela, elle confiera son propre fils à une nourrice.

— Je ferai tout ce que tu me demandes, répondit Uter.

Le roi convoqua l'homme en question, qui s'appelait Antor. Il l'accueillit avec de vives manifestations de joie, au grand étonnement de celui-ci.

— Cher ami, lui dit-il, je vais vous révéler une aventure inouïe qui m'est arrivée. Vous êtes mon homme lige[1]. Je vous demande donc, au nom de la fidélité que vous m'avez jurée, de m'apporter votre aide dans une affaire que je vous exposerai, et de la tenir secrète.

— Seigneur, je ferai tout mon possible, dans la mesure de mes forces, et vous pouvez être assuré de mon silence.

— Voilà de quoi il s'agit. J'ai fait un rêve extraordinaire : un homme m'est apparu durant mon sommeil. Il m'a affirmé que vous étiez mon vassal le plus fidèle dans ce royaume, et que vous veniez d'avoir un fils de votre femme. Il m'a ordonné ceci : je devais vous prier de sevrer votre fils et de le confier à une nourrice, pour que votre épouse puisse allaiter et élever un enfant que je vous remettrai.

— Seigneur, vous me demandez beaucoup ! Priver mon fils du lait de sa mère pour le confier à une nourrice ! Je vais consulter ma femme. Mais dites-moi au moins le nom de celui qui m'apportera cet enfant.

— Par Dieu, je l'ignore encore.

---

1. Autre nom donné au vassal.

138

— Je vous obéirai, cependant, puisque je vous ai juré aide et fidélité, comme à mon suzerain.

Le roi combla Antor de tant de présents qu'il en fut tout ébloui. Il alla trouver sa femme.

— C'est une bien étrange affaire, lui dit-elle. J'abandonnerais mon fils pour en allaiter un autre ?

— Nous devons tout faire pour satisfaire le roi. Je suis son homme lige et, par ailleurs, il nous a fait de tels présents qu'il est impossible de rien refuser. Promettez-moi de faire ce qu'il demande.

— Seigneur, je suis à vous, moi et mon enfant. Faites comme il vous plaira, je ne peux m'opposer à vous.

Tout heureux de son consentement, Antor lui dit de se mettre à la recherche d'une nourrice, car il s'attendait à ce qu'on lui apporte prochainement l'enfant.

La reine approchait du terme de sa grossesse. La veille de la naissance, Merlin vint trouver Ulfin en secret.

— Ulfin, lui dit-il, je suis très content du roi, car il est parvenu à s'assurer de la collaboration d'Antor. Maintenant, dis-lui de se rendre auprès de la reine. Qu'il lui annonce qu'elle accouchera demain soir, peu après minuit. Elle devra remettre l'enfant à l'homme qu'elle trouvera à la sortie de sa chambre.

— Vous n'irez donc pas parler au roi ?

— Non, pas cette fois-ci.

Ulfin alla donc transmettre les recommandations de Merlin à Uter, qui se rendit auprès d'Ygerne.

— Dame, demain soir après minuit, s'il plaît à

Dieu, vous mettrez au monde l'enfant que vous portez. Dès sa naissance, je vous prie de le confier à la plus sûre de vos suivantes[1]. Elle le remettra à l'homme qui attendra à la porte de la chambre. Interdisez vous-même aux femmes qui vous assisteront de parler à qui que ce soit de la naissance du nouveau-né, car ce serait un grand déshonneur, pour vous comme pour moi. On dirait que je ne peux être le père de cet enfant, et en effet, cela semble impossible.

— Seigneur, comme je vous l'ai dit l'autre jour, j'ignore qui peut être le père de cet enfant, mais j'agirai selon vos souhaits. Je suis cependant fort surprise de voir que vous connaissez si bien la date de mon accouchement.

— Ne sommes-nous pas neuf mois, jour pour jour, après la mort du duc ? Dame, veillez surtout à bien observer mes ordres.

— Volontiers, seigneur, si Dieu le veut.

Ainsi s'acheva leur entretien. Le lendemain, la reine ressentit les premières douleurs, et elle mit au monde un fils entre minuit et l'aube. Aussitôt elle appela une de ses suivantes, en qui elle avait toute confiance.

— Mon amie, prends cet enfant et va jusqu'au seuil de la chambre. Si un homme le réclame, donne-le-lui, et tâche de savoir quel genre de personne il est.

La femme enveloppa le nouveau-né dans les langes les plus précieux qu'elle trouva, puis elle l'emporta

---

1. La *suivante* est une femme de noble naissance attachée au service d'une dame d'un rang supérieur. Ce n'est pas une domestique : on lui confie des missions importantes, et elle sert souvent de confidente à la dame.

jusqu'à la porte de la salle. Elle l'ouvrit et vit un vieillard, qui lui sembla très âgé et très faible.

— Mon ami, lui dit-elle, qu'attendez-vous là ?

— Ce que tu m'apportes.

— Mais qui êtes-vous ? Ma dame désire savoir à qui elle remet son enfant.

— Tes questions sont inutiles. Fais seulement ce qu'on t'a ordonné.

La suivante lui remit alors le nouveau-né, et l'homme disparut sans qu'elle puisse savoir comment. Quand elle revint auprès de sa maîtresse, celle-ci la questionna.

— Dame, lui répondit-elle, j'ai donné l'enfant à un vieillard, mais je ne sais rien de plus de lui.

La dame fondit en larmes : son cœur de mère était accablé de chagrin. Pendant ce temps, l'homme à qui l'enfant avait été confié se dirigea tout droit chez Antor. Il le rencontra au matin, alors qu'il se rendait à la messe, et il l'interpella :

— Antor, je veux te parler.

Antor examina le beau vieillard, qui lui sembla hautement respectable.

— Que voulez-vous, seigneur ?

— Je t'apporte un enfant, et je te prie de l'élever avec encore plus de soin et de tendresse que ton propre fils. Si tu agis ainsi, sois-en sûr, tu en tireras, pour toi et tes descendants, un profit plus grand que tout ce que tu peux imaginer.

— Est-ce là l'enfant que le roi m'a prié de faire allaiter par ma femme ?

— Oui, c'est lui. Sache que ce sont des hommes

de bien qui te le demandent : le roi et moi-même. Et ma prière vaut largement celle d'un puissant seigneur.

Antor prit dans ses bras l'enfant, un tout petit bébé.

— A-t-il été baptisé ?

— Non, mais occupe-t'en le plus vite possible[1].

— Volontiers, mais quel nom dois-je lui donner ?

— Tu le nommeras Arthur, si tu veux me faire plaisir. Et maintenant, je m'en vais, car je n'ai plus rien à faire ici. Rentre chez toi, et tu verras comme cet enfant sera une source de bonheur pour ta femme et pour toi. Bientôt, vous ne serez plus capables de dire lequel vous aimez le plus, lui ou ton fils.

— Et quel nom donnerai-je au roi, s'il me demande qui me l'a confié ?

— Tu n'en sauras pas davantage pour le moment.

Alors ils se quittèrent, et Antor fit aussitôt baptiser l'enfant, qui reçut le nom d'Arthur. Puis il le porta à sa femme.

— Dame, voici l'enfant que je vous ai tant prié d'accepter.

— Qu'il soit le bienvenu ! répondit-elle en prenant le nouveau-né dans ses bras. Est-il baptisé ?

— Oui, il se nomme Arthur.

La dame se mit à l'allaiter et confia son fils à une nourrice.

Quelques semaines après ces événements, Merlin s'en fut trouver le roi.

---

1. Au Moyen Âge, beaucoup d'enfants meurent en bas âge. On les fait donc baptiser immédiatement après leur naissance, pour s'assurer qu'ils iront au Paradis, en cas de mort prématurée.

— Uter, lui dit-il, je vais pour quelque temps quitter le royaume de Bretagne.

Uter fut étonné, car Merlin avait coutume de s'absenter sans dire où il allait. Mais comme le devin semblait, cette fois-là, souhaiter qu'on l'interroge, il lui demanda :

— Et où vas-tu aller ?

— Dans un pays lointain. À Rome. Là réside un puissant empereur, et il a bien besoin de mes services. Mais ne crains rien, je serai toujours fidèle au royaume de Bretagne.

13

Merlin à Rome

En ce temps-là régnait sur Rome un empereur d'une grande sagesse. Il avait une épouse de très haut lignage et d'une merveilleuse beauté, mais plus dévergondée[1] qu'aucune femme de l'empire.

Elle avait auprès d'elle douze jeunes gens déguisés en demoiselles, et elle couchait avec eux toutes les nuits où l'empereur était absent. Craignant par-dessus tout que la barbe pousse à ses prétendues suivantes, elle leur faisait frotter le menton avec de la chaux et du sulfate d'arsenic macéré dans de l'urine. Ils étaient drapés dans des voiles et portaient d'amples robes à traîne. Leurs cheveux longs étaient coiffés à la dernière mode des dames de Rome. Ils avaient toute l'apparence

_____

1. Femme de mauvaise vie, qui n'a aucune honte de ses actions.

de jeunes filles, et personne ne pouvait soupçonner la vérité.

À cette époque arriva à la cour une jeune fille qui se nommait Avenable. Elle était la fille d'un duc d'Allemagne, qui avait été dépossédé et chassé de ses terres. Sauvée de justesse par des serviteurs dévoués, elle avait dû fuir de son pays vers Rome. Désemparée, ignorant ce qu'étaient devenus son père et sa mère, elle se présenta à l'empereur en habits d'homme et demanda à être prise comme écuyer. La demoiselle était grande, svelte et robuste, et elle sut se comporter comme un jeune homme, sans faire aucune faute. Au combat, elle fit preuve d'une telle bravoure au côté de l'empereur que celui-ci l'adouba[1] à la Saint-Jean, avec trente autres jeunes gens. Finalement, l'empereur apprécia tant son service et ses prouesses qu'il fit d'elle son sénéchal. Elle se faisait appeler Grisandole, et pas un à la cour ne doutait que ce fût un homme.

Une nuit que l'empereur dormait à côté de l'impératrice, il eut un songe. Il voyait dans son palais une grande truie : les longues soies de son échine traînaient jusqu'à terre, et elle portait sur sa tête un cercle d'or. L'empereur avait l'impression de la connaître, mais sans pouvoir en être certain. Tout d'un coup, douze louveteaux sortaient de sa chambre, ils entouraient la truie, qui les suivait dans la chambre. Intrigué par cette scène étrange, l'empereur demandait à ses conseillers ce qu'il fallait faire de la truie qui couchait avec les louveteaux. On lui répondait qu'elle devait être brûlée vive avec les louveteaux.

---

1. *Adouber* un jeune homme, c'est faire de lui un chevalier.

L'empereur se réveilla, tout bouleversé et effrayé par ce rêve, mais il eut la sagesse de ne pas en parler avec sa femme. Toute la matinée, le songe obséda son esprit. À l'heure du repas, ses barons s'étonnèrent de le voir absorbé dans ses pensées, mais personne n'osa lui adresser la parole, de crainte de l'irriter.

C'est alors qu'apparut, aux portes de la cité de Rome, un cerf de dix cors[1], le plus grand et le plus étonnant qu'on eût jamais vu. Il avait le pied de devant blanc comme neige, et portait sur sa tête une ramure impressionnante et majestueuse. Il s'élança comme une flèche à travers les rues de la ville, et les habitants se lancèrent à ses trousses avec des bâtons, des gourdins et des fourches, en poussant de grands cris pour l'effrayer. Ils le poursuivirent longtemps dans un vacarme indescriptible, sans parvenir à l'attraper. À la fin, le cerf arriva au palais de l'empereur. Le tumulte avait mis aux fenêtres tous les serviteurs, qui virent la bête s'engouffrer par la grande porte, toujours suivie par les chasseurs. Le cerf déboucha dans la salle et continua sa course désordonnée, renversant les tables, brisant les pots et la vaisselle, répandant à terre les vins et les viandes. Il s'immobilisa enfin devant l'empereur et s'agenouilla à ses pieds.

— Grand empereur, lui dit-il, à quoi penses-tu ? Ne laisse pas ce songe assombrir ton esprit. C'est inutile, car personne ici ne te l'expliquera. Seul l'homme sauvage peut t'en donner la clef.

---

1. Cerf de sept ans. Les *cors* sont les ramifications des cornes du cerf. Elles deviennent plus nombreuses chaque année, et permettent donc de savoir l'âge de l'animal.

Le cerf se releva et vit qu'on avait fermé derrière lui les portes du palais. Il jeta alors un sortilège et aussitôt les portes volèrent en éclats. Le temps que les convives reviennent de leur stupeur, le cerf avait bondi au-dehors et repris sa course à travers la ville. Il déboucha finalement dans la campagne, où il s'évanouit comme par enchantement.

L'empereur fut très courroucé qu'on ait laissé échapper le cerf. Il fit proclamer dans toute la ville qu'à celui qui capturerait l'homme sauvage ou le cerf, il donnerait sa fille en mariage avec la moitié de son empire, si toutefois il était noble. Beaucoup de jeunes seigneurs, riches et vaillants, montèrent à cheval pour battre les forêts aux alentours de Rome. Malgré leurs efforts, ils rentrèrent bredouilles.

Mais Grisandole ne se découragea pas pour autant. Pendant une semaine, elle parcourut la forêt profonde. Un jour qu'elle avait mis pied à terre pour prier Dieu de la guider dans sa quête, elle vit surgir devant elle le cerf qui avait tant bouleversé la ville de Rome.

— Avenable, lui dit le cerf, c'est folie de mener ainsi ta chasse. Ce que tu cherches, tu ne le trouveras pas, à moins de te procurer de la chair de porc accommodée avec des herbes et du poivre, ainsi que du lait, du miel et du pain chaud. Prends avec toi quatre compagnons, et un serviteur pour cuire la viande à la broche. Dans le coin le plus reculé de la forêt, tu installeras une table près du feu, avec le pain, le lait et le miel. Puis tu te cacheras à proximité avec tes compagnons. Tu peux me croire, l'homme sauvage ne manquera pas de venir.

Sur ces mots, le cerf s'enfuit au grand galop dans les profondeurs de la forêt. Grisandole resta là un moment encore, stupéfaite des paroles qui lui avaient été adressées. Par quel pouvoir magique la bête avait-elle pu l'appeler par son vrai nom ? Elle décida cependant de suivre ses conseils et, montant sur son cheval, gagna la ville la plus proche pour se procurer ce dont elle avait besoin. Avec quatre compagnons et un garçon, elle retourna ensuite dans la forêt, où ils s'enfoncèrent profondément.

Sous un grand chêne feuillu, ils mirent pied à terre. Puis elle alla cacher les chevaux à l'écart, pendant que les hommes préparaient un grand feu et mettaient la viande à rôtir. Bientôt un fumet délicieux se répandit dans toute la forêt. Ayant mis la table à côté du feu, ils allèrent se tapir derrière un épais buisson.

Quand l'homme sauvage arriva, il faillit faire mourir de frayeur le jeune garçon qui tournait la broche. Il était noir et hirsute, une barbe touffue mangeait toute sa face, ne laissant voir que de petits yeux méfiants et une large bouche lippue. Les pieds nus, il portait une tunique en lambeaux, faite de deux peaux de loups. De grande taille, il avançait tout courbé, frappant les troncs des chênes à grands coups de massue.

Épouvanté, le garçon s'enfuit à toutes jambes. L'homme sauvage s'approcha du feu et commença par s'y chauffer, tout en jetant des regards intéressés à la viande. Quand elle lui sembla cuite à point, il saisit la broche et arracha le rôti. Comme un enragé, il le dévora jusqu'à la dernière miette. Avisant les mets disposés sur la table, il but goulûment le lait et se gava de pain chaud et de miel, avant de s'endormir, gorgé de nourriture, repu, devant le feu.

Quand il leur sembla en proie à un sommeil profond, Grisandole et ses compagnons sortirent tout doucement de leur cachette et se jetèrent sur lui pour le lier avec une chaîne de fer. L'homme, réveillé en sursaut, tenta vainement d'attraper sa massue, mais Grisandole l'avait prudemment écartée. Ainsi ligoté, ils le hissèrent sur un cheval et l'attachèrent à la selle par des cordes. Celui qui l'avait immobilisé monta en croupe derrière lui pour le maintenir en le serrant à bras le corps, et la petite troupe se mit en route vers la ville de Rome.

Tandis qu'ils cheminaient ainsi, l'homme sauvage jeta les yeux sur Grisandole, et il se mit à rire. Elle s'approcha de lui et l'interrogea, mais il refusa de répondre. Comme elle insistait, il s'écria :

— Créature dénaturée, créature trompeuse, je ne te répondrai pas ! Je ne parlerai que devant l'empereur.

Surprise de ces insultes, Grisandole consulta ses compagnons.

— Ma foi, répondirent-ils, c'est peut-être un sage, venu nous avertir d'un événement extraordinaire. Et s'il connaissait les choses cachées ?

Le voyage continua. Quelque temps plus tard, ils passèrent à proximité d'une abbaye. Devant la porte se tenait une foule de pauvres gens qui imploraient une aumône. À leur vue, l'homme sauvage éclata de rire. Et comme Grisandole lui en demandait la raison, il la regarda de travers.

— Figure trompeuse, image fausse et menteuse, je ne te dirai rien, tant que nous ne serons pas devant l'empereur.

Grisandole n'insista pas. Ils finirent par arriver à Rome, où les gens, dès qu'ils eurent aperçu l'homme sauvage, se pressèrent pour les accompagner jusqu'au palais. Attiré par les cris de la foule, l'empereur sortit sur le seuil pour les accueillir. Grisandole, suivie de ses compagnons, se hâta de gravir les marches.

— Seigneur, dit-elle à l'empereur quand elle fut devant lui, voici l'homme sauvage. Faites-en bonne garde, car j'ai eu beaucoup de mal à le capturer.

— Tu m'as bien servi, et je n'oublierai pas de te récompenser comme il se doit.

L'empereur voulut alors faire venir une cage, pour s'assurer de son prisonnier, mais l'homme sauvage lui affirma :

— Tu n'as pas besoin de m'enchaîner ou de m'enfermer. Je te jure devant Dieu que je ne m'en irai pas d'ici avant que tu ne me donnes congé.

— Ma foi, dit l'empereur, si j'ai ta promesse, je vais te faire délivrer de tes chaînes.

L'homme sauvage fut donc libéré, et Grisandole rendit compte de sa mission à l'empereur. Elle lui raconta comment l'homme avait ri à sa vue, puis en passant devant l'abbaye.

— Peux-tu me dire la raison de ton rire ? lui demanda l'empereur.

— Tu la connaîtras bientôt. Convoque seulement tes barons, et je te la dirai, avec bien d'autres choses encore.

L'empereur convoqua donc ses barons, et en attendant, il fit loger l'homme sauvage dans ses propres appartements.

Quatre jours après, les barons étaient tous rassemblés dans la grande salle du palais. L'empereur parut en compagnie de l'homme sauvage, qu'il fit asseoir à côté de lui. Les barons ouvrirent de grands yeux devant cet hôte étrange, et ils demandèrent pourquoi on les avait convoqués.

— C'est à cause du rêve que j'ai eu durant mon sommeil, leur répondit l'empereur. Je voudrais en connaître la signification.

Il se tourna vers l'homme sauvage :

— Peux-tu me l'expliquer ?

— Je ne parlerai qu'en présence de l'impératrice et de sa suite. Fais-les venir.

On alla chercher l'impératrice, qui vint en compagnie de ses douze demoiselles. Elle arriva toute souriante, sans se douter de ce qui se préparait. À son entrée, les barons se levèrent en son honneur. Mais aussitôt que l'homme sauvage l'aperçut avec ses douze suivantes, il éclata d'un rire méprisant. Se tournant ensuite vers Grisandole, à côté de l'empereur, il éclata d'un rire moqueur. Puis il regarda l'empereur et ses barons, en riant toujours aux éclats, de plus en plus fort. Tous étaient stupéfaits et certains commençaient à penser qu'ils avaient affaire à un fou.

L'homme se leva et parla à l'empereur d'une voix forte, pour être bien entendu de tous.

— Si tu me promets devant tous ces barons de ne pas me tenir rigueur et de me laisser partir après avoir expliqué ton rêve, je parlerai.

L'empereur promit.

— Seigneur empereur, dit l'homme, voici quel a été ton rêve, tandis que tu dormais avec ta femme. Tu as vu une belle truie aux longues soies, portant une couronne d'or brillant. Il t'a semblé la connaître. Ensuite sont sortis de ta chambre douze louveteaux au poil lisse qui couchaient avec la truie. Puis tu as consulté à leur sujet tes barons, qui t'ont dit qu'ils méritaient tous d'être brûlés vifs. Voilà quel a été ton rêve. Ai-je dit la vérité ?

— D'un bout à l'autre, répondit l'empereur.

— Seigneur, intervinrent les barons, s'il a pu vous raconter votre rêve, il pourra sans aucun doute nous éclairer sur sa signification.

— Parle, dit l'empereur. Je veux tout savoir.

— La grande truie que tu as vue représente l'impératrice, et les longues soies la robe qu'elle porte. Quant à la couronne, c'est celle qu'elle a reçue de toi. Mais je préférerais m'arrêter là.

— Non, il faut poursuivre. Tu dois tenir ta promesse.

— Alors, je continue. Voilà le sens de ton rêve : les douze louveteaux qui sortaient de la chambre, ce sont les suivantes de l'impératrice. Chaque fois que tu quittes la ville, elle passe de bons moments avec elles. Apprends maintenant ceci : ce ne sont pas des femmes, mais des hommes. Fais-les déshabiller, et tu verras si je dis vrai.

L'empereur était tellement ébahi d'apprendre l'infidélité de sa femme qu'il resta un long moment muet, incapable de prononcer un mot. Quand il parla, sa voix tremblait de colère :

— Nous allons voir tout de suite ce qu'il en est.

Il appela son sénéchal Grisandole.

— Fais déshabiller ces demoiselles. Mes barons doivent connaître la vérité.

Grisandole bondit et, aidée de deux officiers, elle les fit dévêtir devant l'empereur et ses barons. Tous purent voir qu'il ne leur manquait rien pour être des hommes. Enflammé de colère, l'empereur jura que justice serait faite promptement. Il interrogea ses barons qui jugèrent tous que l'impératrice était coupable d'une telle infamie qu'elle méritait d'être brûlée avec ses ribauds[1]. Ce qui fut fait sur-le-champ.

La nouvelle de la vengeance de l'empereur fut rapidement connue dans le pays entier. Une fois le châtiment accompli, tous s'accordèrent à dire que l'homme sauvage était un sage ou un devin.

Resté avec lui, l'empereur lui demanda :

— J'ai encore une question à te poser. Dis-moi pourquoi tu as ri à plusieurs reprises : devant mon sénéchal Grisandole, devant l'abbaye et devant l'impératrice, quand elle est entrée dans la salle.

— Je vais te répondre. Si j'ai ri en passant devant l'abbaye, c'est parce qu'il y a sous la terre, à l'entrée, le plus important trésor du monde, et que les pauvres gens demandent l'aumône avec une fortune sous leurs pieds. Quand l'impératrice est entrée dans la salle avec ses amants, j'ai ri par mépris : cette femme avait pour époux l'homme le plus sage du pays, et elle vivait dans le mensonge avec douze ribauds de la pire

---

1. Homme qui mène une vie de débauche, de vice.

espèce. Quant au rire que j'ai eu face à ton sénéchal Grisandole, c'était un rire de moquerie. J'ai ri de moi-même, car j'avais été fait prisonnier par la ruse d'une femme, là où aucun homme n'aurait pu réussir. Sache en effet que ton sénéchal est une femme, et c'est pour cette raison que je riais pendant le voyage qui m'amenait à Rome : à cause de son déguisement, qui trompait ceux à qui elle donnait ses ordres, et qui t'a trompé toi-même jusqu'à maintenant.

L'empereur était stupéfait. Il finit par dire à l'homme sauvage :

— Pour ce qui est du trésor, j'enverrai mes hommes creuser la terre devant l'abbaye. Mais pour Grisandole, il faut tirer cette affaire au clair.

Il ordonna donc de déshabiller Grisandole, et l'on put constater que c'était une jeune fille, parmi les plus belles de la Terre. Très perplexe, il demanda à l'homme sauvage :

— Comment tenir mon serment, maintenant ? J'ai promis de donner ma fille en mariage, et la moitié de mon empire, à celui qui te capturerait. Et voilà que mon sénéchal est une femme ! Conseille-moi, je te prie.

— Écoute-moi. Tu es maintenant plein de méfiance et de rancune à cause de la trahison de l'impératrice. Ne pense plus à elle, car elle a eu le sort qu'elle méritait. Mais il est au monde beaucoup de femmes sincères et vertueuses. Celle qui fut ton sénéchal est une pure jeune fille, et tu ne pourrais faire mieux que l'épouser. Elle se nomme Avenable, et c'est la fille du duc de Souabe, qui fut dépossédé par le duc Frolle. Avec son épouse, il demeure actuellement à Montpellier, et tous deux sont inconsolables de la perte de leur fille. Aide-les à reconquérir leur terre, et épouse Avenable.

L'empereur, convaincu par ce discours, convoqua ses barons pour les consulter. Ils furent d'avis que cette union était la plus sage solution.

L'homme sauvage jugea que le moment était venu de demander congé à l'empereur.

— Je te l'accorde de grand cœur, répondit ce dernier, mais je souhaiterais encore savoir une dernière chose : quel est ton nom, et qui était le cerf venu me parler ?

— N'insiste pas pour le savoir. Plus tu croiras me connaître, et moins tu me connaîtras.

— C'est ton dernier mot ?

— Oui, je m'en vais, car je n'ai plus rien à faire ici.

L'empereur recommanda à Dieu l'homme sauvage, et celui-ci partit. Au moment de sortir de la salle, il s'arrêta cependant pour écrire sur le linteau de la porte une inscription en hébreu :

TOI QUI LIRAS CETTE INSCRIPTION, SACHE CECI :
LE CERF QUI TRAVERSA LA VILLE DE ROME
L'HOMME SAUVAGE QUI EXPLIQUA SON RÊVE
À L'EMPEREUR
C'ÉTAIT MERLIN
LE CONSEILLER DU ROI DE BRETAGNE.

14

L'épée dans l'enclume

De longues années passèrent. Au bout de quinze ans, Uter tomba gravement malade. En plusieurs points du royaume éclatèrent des révoltes, et le roi dut faire appel à ses barons. Ils marchèrent contre les rebelles, mais faute d'un chef pour coordonner leur action, ils furent vaincus. Le roi fut consterné de ce désastre, et des nouvelles encore plus alarmantes lui parvinrent bientôt : les Saxons allaient profiter de l'occasion pour se joindre à ses ennemis.

Merlin rendit visite à Uter et le trouva très affaibli par la maladie et par son âge avancé.

— Te voilà bien désemparé ! lui lança-t-il.

— Comment ne le serais-je pas ? Mes vassaux se sont rebellés et ont ravagé mon royaume. Quant aux barons qui me sont restés fidèles, ils ont été mis en déroute. Conseille-moi, Merlin, car l'heure est grave.

— Ce que tu viens de constater, c'est qu'un royaume

157

privé de chef ne vaut pas cher. Tu vas convoquer tes troupes. Quand tes hommes seront rassemblés, tu te feras placer sur un brancard et tu iras avec eux à la rencontre de l'ennemi. Ne doute pas de la victoire.

— Quelle prédiction ! Je triompherai donc de mes ennemis sur un brancard !

— Oui, mais après, tu n'auras plus longtemps à vivre. Veille à distribuer une part de tes richesses aux pauvres, et aussi aux abbayes, pour que l'on prie pour le repos de ton âme. Quant au reste de ton immense trésor, tu le donneras à tes vassaux fidèles pour qu'ils protègent ce royaume, qui va rester sans héritier après ta mort.

— Et cet enfant que tu as emporté, Merlin ?

— Ne me pose pas de questions. Sache seulement que cet enfant est beau et en bonne santé.

— Te reverrai-je encore une fois ?

— Oui, une seule et dernière fois.

Uter rassembla alors ses troupes et se fit placer sur un brancard. Arrivés sur le terrain, ses hommes se ruèrent sur les ennemis. Soutenus par la présence de leur seigneur, ils les mirent en déroute, faisant un grand carnage.

Uter avait exterminé ses adversaires, rétablissant la paix dans le royaume. Mais, averti par Merlin, il savait que le temps lui était compté. De retour à Logres[1], il fit rassembler son trésor, dont il fit trois parts. L'une pour faire l'aumône aux malheureux de son royaume, la seconde pour ses vassaux fidèles, et la troisième pour les hommes d'Église. Puis sa maladie s'aggrava

---

1. Capitale du royaume de Logres, donc de la Bretagne.

et le peuple afflua à Logres, plein de tristesse pour le sort d'un si bon souverain. Au bout de trois jours, il perdit l'usage de la parole.

Merlin, qui n'en ignorait rien, se présenta dans la ville. Les grands seigneurs, conseillers du roi, le prièrent de venir avec eux.

— Merlin, dirent-ils, il est mort, le roi que vous aimiez tant.

— Mais non, pas encore. Venez, je vais le faire parler.

— Ce serait un prodige !

Ils entrèrent dans la salle où Uter était couché, et Merlin fit ouvrir toutes les fenêtres.

— Vous allez entendre ses dernières paroles, dit-il aux seigneurs et aux prélats.

Le roi fixa Merlin, montrant ainsi qu'il l'avait bien reconnu. Le devin se pencha alors vers son chevet et lui souffla à l'oreille :

— Uter, je t'en donne l'assurance, ton fils Arthur sera maître du royaume de Bretagne après toi.

Les traits d'Uter s'éclairèrent.

— Merlin, je te fais confiance pour le sort de ce royaume. Pour moi, tu prieras le Seigneur Dieu après ma mort.

Aucun des seigneurs ne put savoir ce que les deux hommes s'étaient dit. Ce furent les dernières paroles du roi, qui trépassa dans la nuit. Barons, évêques et archevêques lui rendirent les honneurs dus à son rang et firent célébrer des funérailles magnifiques. Aussitôt après, la reine Ygerne se retira dans ses terres pour mener son deuil. Ainsi finit Uter, et le royaume resta sans maître.

Au lendemain de la cérémonie, les barons et les prélats se réunirent en assemblée au palais royal pour décider qui gouvernerait le pays, mais ils ne purent se mettre d'accord sur aucun nom. À l'unanimité, on décida alors d'aller chercher Merlin, car il avait toujours donné d'excellents conseils.

— Merlin, lui dirent-ils quand il fut devant eux, nous connaissons ta haute sagesse, et nous savons combien tu as aimé les rois de ce pays. Comme tu le vois, Uter n'a pas laissé d'héritier, et un royaume sans maître ne vaut rien. Au nom de Dieu, aide-nous à choisir un homme capable de le gouverner en honorant l'Église et en protégeant le peuple.

— Seigneurs, je n'ai pas qualité pour choisir le roi qui vous gouvernera. Mais je vais vous donner un avis. Vous le suivrez si vous le jugez bon.

— Parle, Merlin, nous te faisons confiance.

— Une belle chance s'offre à vous. Le roi est mort quatre jours après la Saint-Martin, et Noël[1] va bientôt arriver. On fêtera alors la naissance de Jésus, le roi des rois. Vous le supplierez, et avec vous le peuple tout entier, de désigner clairement votre roi. Le peuple acceptera ce souverain choisi par le Seigneur, qui connaît les besoins des hommes mieux que les hommes eux-mêmes. Rassemblez-vous, et je vous assure que vous verrez le signe envoyé par Notre-Seigneur.

---

1. La *Saint-Martin* est fêtée le 11 novembre et *Noël* le 25 décembre. Noël fête la Nativité de Jésus, que les chrétiens considèrent comme au-dessus de tous les rois du monde.

Ils répondirent d'une seule voix :

— C'est le meilleur conseil que l'on puisse donner. Tout croyant a le devoir de l'approuver.

On suivit donc le conseil de Merlin. Lorsqu'il prit congé, ils l'invitèrent à être présent pour la fête de Noël, afin de vérifier ses dires.

— Non, je n'y serai pas. Vous ne me verrez pas avant l'élection.

Et Merlin retourna auprès de Blaise, dans les forêts du Northumberland.

Les barons et les hommes d'Église firent savoir dans tout le royaume que les nobles étaient convoqués à Logres pour Noël, afin de prendre part à l'élection. Tout le monde fut informé, et l'on attendit Noël avec impatience.

La nouvelle était parvenue à Antor. L'enfant qu'on lui avait donné à élever, Arthur, était dans sa seizième année. Il avait bien grandi, allaité par la femme d'Antor, dont le fils avait été confié à une nourrice. Quant au père, il aurait été incapable de dire lequel il aimait le plus, de son fils Keu ou bien d'Arthur, qu'il avait toujours appelé son fils. Et d'ailleurs Arthur était bien convaincu de l'être. À la Toussaint[1], Antor avait fait Keu chevalier, et à Noël il se rendit à Logres, en emmenant avec lui ses deux fils.

La veille de Noël, tous les hommes d'Église et les nobles du royaume étaient présents, ainsi que tous les personnages de quelque importance. Ils se rassemblè-

---

1. La *Toussaint* est fêtée le 1er novembre. C'est la fête de tous les saints.

rent pour aller à la messe de minuit[1], et supplièrent Notre-Seigneur de bien vouloir désigner un homme capable de défendre le peuple et la chrétienté. Puis ils assistèrent à la deuxième messe, et après l'avoir entendue, certains sortirent. Ils discutaient entre eux, et beaucoup pensaient que c'était folie d'attendre de Dieu qu'il leur désigne un roi. Là-dessus, les cloches sonnèrent pour les convier à la troisième messe, celle du point du jour. Lorsqu'ils furent réunis, l'archevêque, qui devait célébrer l'office, s'adressa à eux :

— Chers seigneurs, dit le saint homme, vous voilà rassemblés pour trois raisons : sauver votre âme, mener une sainte vie et assister au miracle que fera aujourd'hui Notre-Seigneur. Si c'est sa volonté, il nous donnera un roi pour défendre la sainte Église et protéger le peuple. Que chacun d'entre nous prie de son mieux Jésus pour qu'il nous éclaire !

Puis il chanta la messe.

Au petit matin, quand les fidèles sortirent de l'église, ils aperçurent devant le porche un bloc de pierre carré, qui leur sembla être de marbre. Au milieu de ce perron[2] était posée une enclume de fer d'un demi-pied[3] de haut, et dans cette enclume était fichée une épée, si profondément que la lame s'enfonçait dans le bloc de pierre.

---

1. Une coutume ancienne veut que, pour Noël, on célèbre trois messes de suite à partir de minuit, dans la nuit du 24 au 25 décembre.

2. Au Moyen Âge, un *perron* est un gros bloc de pierre, et non un escalier de quelques marches devant une maison (français moderne).

3. Unité de longueur. Le *pied* mesure environ 30 cm.

Stupéfaits de ce spectacle, ils rentrèrent dans l'église pour prévenir l'assistance. Quand l'archevêque de Logres en eut connaissance, il prit de l'eau bénite, et, suivi de tous les fidèles en cortège, il alla voir le prodige. Il aspergea la pierre, l'enclume et l'épée d'eau bénite[1], et resta un moment à les examiner. En se penchant, il vit une inscription en lettres d'or gravée sur la lame d'acier de l'épée :

*CELUI QUI SERA CAPABLE DE RETIRER CETTE ÉPÉE
SERA ROI DE BRETAGNE PAR LE CHOIX DE JÉSUS-CHRIST*

L'archevêque lut à haute voix cette inscription, puis il déclara :

— C'est un signe envoyé par Dieu. Que personne, quel que soit son rang ou sa richesse, n'ait l'audace de s'élever contre ce choix !

Tous l'approuvèrent et ils rentrèrent dans l'église pour rendre grâce à Dieu. Après quoi la garde du perron fut confiée à cinq nobles et cinq clercs.

Mais aussitôt sortis de l'église, tous s'attroupèrent autour du perron. Parmi les grands seigneurs, les plus puissants ou les plus forts physiquement, chacun voulait avoir l'honneur de tenter l'épreuve le premier. Le ton monta, et l'archevêque dut intervenir :

— Seigneurs, quel manque de sagesse et de dignité ! Vous êtes sous le regard de Dieu, qui a déjà choisi quelqu'un sans que nous sachions lequel. La

---

1. L'*eau bénite*, pensait-on alors, a le pouvoir de chasser les démons. C'est donc un moyen de vérifier que le prodige n'est pas l'œuvre du diable.

puissance, la richesse ou la force ne servent à rien, seule compte la volonté de Dieu. Mais j'ai confiance en lui : je pense même que si celui qui doit retirer l'épée n'est pas encore né, personne ne pourra y parvenir à sa place !

Ces paroles calmèrent les esprits. Les nobles et les personnages importants se déclarèrent prêts à agir comme le désirait l'archevêque.

Celui-ci choisit deux cent cinquante seigneurs, ceux qu'il estimait les plus valeureux, et il leur fit tenter l'épreuve les uns après les autres. Tous échouèrent. Il ordonna alors aux autres d'essayer à leur tour. Tous ceux qui en avaient envie tentèrent de retirer l'épée. Pas un ne parvint même à la faire bouger. On confia sa garde à dix bons chevaliers, avec ordre de laisser essayer l'épreuve à qui le désirerait. On leur recommandait seulement de bien ouvrir l'œil pour identifier celui qui enlèverait l'épée.

Aucun de ceux qui se présentèrent n'y parvint. L'épée resta ainsi jusqu'au Jour de l'An. Après la grand-messe, l'archevêque avertit les barons :

— Seigneurs, je vous avais bien dit que n'importe qui pouvait venir, même du bout du monde, pour tenter l'épreuve. Maintenant vous le savez : seul celui que Dieu a choisi pourra se saisir de l'épée.

Les barons déclarèrent qu'ils ne quitteraient pas la ville avant d'avoir vu cet homme choisi par Dieu. Après la messe, ils retournèrent à leurs logis pour manger. Puis, selon l'usage, les chevaliers sortirent de la ville pour aller jouter dans un champ et briser quelques lances[1]. Une partie de la population les suivit pour assister au spectacle, et avec eux les dix chevaliers qui avaient pour mission de garder l'épée, car ils commençaient à trouver le temps long. Les jouteurs se dépensèrent sans compter, puis ils donnèrent leurs écus à leurs écuyers, qui prirent leur place. Les assauts recommencèrent de plus belle, la mêlée devint générale et tous les gens de la ville accoururent, avec ou sans armes.

Antor s'était déplacé là avec ses deux fils. Keu avait été fait chevalier à la Toussaint. Saisi par le désir de participer à la bataille, il appela son frère :

— Va me chercher mon épée à la maison !

— Volontiers, répondit Arthur, qui était d'un naturel serviable.

Il piqua des deux jusqu'à leur logis, et chercha dans toute la maison une épée, celle de son frère ou n'importe quelle autre. N'en trouvant pas, il fut si contrarié que des larmes de dépit lui vinrent aux yeux. Revenant sur ses pas, il passa devant l'église, où il aperçut le perron et l'épée. Il n'avait pas tenté l'épreuve. « Ma foi, se dit-il, si je pouvais la prendre, je la rapporterais à mon frère ! »

Sans même descendre de cheval, il la saisit par la poignée et l'emporta, dissimulée sous un pan de sa tunique. Son frère l'attendait hors de la mêlée, guettant son arrivée avec impatience.

— M'apportes-tu mon épée ?

---

1. La *joute* ou *tournoi* est un combat sportif très apprécié à l'époque. On tente de désarçonner son adversaire avec sa lance. Les lances en bois se *brisent* en général sous le choc.

— Non, je ne l'ai pas trouvée, lui expliqua Arthur. Mais en voici une autre !

Il sortit l'épée de dessous sa tunique et la lui montra.

— Mais où l'as-tu prise ? demanda Keu.

— C'est l'épée du perron.

Aussitôt Keu la prit et la cacha sous sa tunique. Puis il se mit à la recherche de son père.

— Seigneur, lui dit-il quand il l'eut retrouvé, je serai roi : voici l'épée du perron !

— Mais comment as-tu pu l'avoir ? demanda Antor, stupéfait.

— Mais je l'ai retirée du perron !

— N'es-tu pas en train de me mentir ? dit son père, qui ne pouvait en croire un mot.

Suivi de Keu et d'Arthur, Antor se dirigea vers l'église. Arrivé devant le perron, il se retourna vers son fils :

— Keu, mon cher fils, ne me mens pas. Comment as-tu enlevé cette épée ? Si tu me mens, je le saurai, et tu auras perdu ma confiance à tout jamais.

— Seigneur, répondit Keu, le visage rouge de honte, voici la vérité. C'est mon frère Arthur qui me l'a apportée, et j'ignore comment il l'a eue.

— Donne-la-moi, cher fils, tu n'as aucun droit sur elle, puisque tu ne t'es pas soumis à l'épreuve.

Quand Keu lui eut rendu l'épée, Antor se retourna vers Arthur :

— Approche, cher fils, et dis-moi comment tu as eu cette épée.

Arthur le lui expliqua alors.

— Reprends l'épée, lui dit son père, et va la remettre là où tu l'as prise.

Arthur alla replacer l'épée dans l'enclume, où elle resta fichée comme auparavant. Antor ordonna alors à Keu d'aller la saisir. Le jeune homme la tira de toutes ses forces, sans parvenir à l'ébranler.

— Je savais bien, dit le père, que tu n'avais pas enlevé l'épée.

Puis Antor entra dans l'église avec les deux jeunes gens.

— Cher seigneur, cher fils, dit-il en prenant Arthur dans ses bras, si je peux faire en sorte que vous deveniez roi, quel avantage en aurai-je ?

— Seigneur, répondit Arthur, si j'ai cet honneur, ou tout autre, c'est à vous que je le devrai, puisque vous êtes mon père.

— C'est moi qui vous ai élevé, mais je ne suis pas votre père.

Entendant ces paroles, d'un homme qu'il avait toujours considéré comme son père, Arthur fondit en larmes, saisi par un profond chagrin.

— Seigneur Dieu, quel bien pourrait désormais m'arriver, puisque je n'ai plus de père ?

— Vous avez forcément un père, répliqua Antor. Mais en vérité, j'ignore qui vous a engendré et qui est votre mère.

— Mais comment cela est-il possible ? demanda Arthur.

Antor lui révéla alors qu'il lui avait été remis par un inconnu et que sa femme l'avait allaité en confiant son fils à une nourrice.

— Et maintenant que Dieu vous fait la grâce de

vous désigner comme roi, dit-il en conclusion, quel avantage en aurai-je ?

— Seigneur, je vous considérerai toujours comme mon père ! Je n'ai rien à vous refuser.

— Voici la récompense qui me semblerait juste, pour mon fils et pour moi. Je vous demande, si vous êtes roi, de faire de Keu votre sénéchal. Quelles que soient ses fautes, envers vous ou les autres, qu'il garde ce titre toute sa vie. Vous devrez tolérer qu'il se montre désagréable, grossier ou cruel, puisque tous ces défauts lui viennent du lait d'une nourrice de basse condition[1]. C'est parce qu'il a fallu vous nourrir au mieux qu'il a perdu sa véritable nature ! Alors soyez indulgent avec lui et accordez-moi ce que je vous demande.

— Seigneur, j'accepte de grand cœur !

Antor mena alors Arthur devant l'autel[2], sur lequel il jura de tenir son engagement. Après cela, ils sortirent de l'église. La bataille avait pris fin, et les seigneurs s'en revenaient pour assister aux vêpres[3]. Antor appela à lui ses amis et parents, et il s'adressa à l'archevêque :

— Seigneur, voici l'un de mes enfants. Il n'est pas encore chevalier, mais il me supplie de lui laisser ten-

---

1. On croit à cette époque que le lait tété par un nourrisson influence sa personnalité.

2. L'*autel* est la large table de pierre où l'on dit la messe. Il contient des reliques des saints, et c'est le lieu le plus sacré de l'église.

3. Office religieux du soir, vers 6 heures.

ter l'épreuve de l'épée. Je vous demande donc de faire venir quelques-uns des barons ici présents.

L'archevêque accepta et tous se rassemblèrent autour du bloc de pierre. Alors Antor ordonna à Arthur de prendre l'épée et de la remettre à l'archevêque. Ce qu'il fit. L'archevêque la reçut et serra le jeune homme dans ses bras. Puis il se prépara à entrer dans l'église pour remercier Dieu en chantant le *Te Deum laudamus*[1].

Mais les barons étaient très mécontents. Il était impossible qu'un garçon d'aussi humble origine devienne leur roi ! Ces propos indignèrent l'archevêque, qui s'écria :

— Le Seigneur Dieu connaît l'origine de chacun bien mieux que vous !

Antor, sa famille, une grande partie de l'assistance, ainsi que le menu peuple respectueux de l'Église, se rangèrent du côté d'Arthur. L'archevêque lança alors ces paroles audacieuses :

— Seigneurs, vous pouvez vous prononcer contre cette élection, le monde entier peut le faire, mais si c'est Dieu qui l'a voulue, elle aura lieu ! Ma confiance dans le choix de Notre-Seigneur est totale, et je vais vous en donner la preuve. Arthur, mon cher fils, allez remettre cette épée là où vous l'avez prise.

Sous les regards de tous, Arthur la remit à sa place. L'archevêque reprit la parole :

---

1. *Te Deum laudamus* signifie « Dieu, nous te louons ». Ce cantique latin se chante dans les occasions solennelles, pour remercier Dieu d'un grand bienfait.

— Allez, maintenant, puissants seigneurs du royaume, essayez donc d'enlever l'épée !

Ils essayèrent tous, les uns après les autres, mais aucun ne réussit.

— Jamais on ne vit un choix plus évident, conclut l'archevêque. Bien fou celui qui s'oppose à la volonté de Dieu !

— Seigneur, répondirent les barons, nous ne nous opposons pas à la volonté de Dieu, mais il est inconcevable qu'un simple garçon devienne notre maître !

Ils demandèrent alors à l'archevêque que l'épée demeure en place jusqu'à Pâques[1]. Peut-être certains, qui n'avaient pas encore tenté l'épreuve, pourraient-ils la réussir ? L'archevêque y consentit, mais seulement pour leur donner satisfaction.

L'épée resta donc ainsi jusqu'à Pâques. Ce jour-là, les seigneurs et le peuple tout entier se rassemblèrent, et chacun put faire l'essai qu'il voulut. À la suite de ces tentatives infructueuses, l'archevêque prit la parole :

— Seigneurs, le temps est venu pour vous d'accepter le choix de Dieu. Avancez, Arthur, cher fils, et s'il plaît à Dieu de vous confier ce peuple, donnez-moi cette épée.

Arthur s'avança, saisit l'épée et la lui tendit. Avec des larmes de joie et d'émotion, l'archevêque s'adressa au peuple :

---

1. Fête chrétienne située au printemps, à date variable (mars ou avril). *Pâques* célèbre la résurrection de Jésus. Les chrétiens croient en effet que Jésus est revenu à la vie (ressuscité) trois jours après sa mort.

— Y a-t-il encore quelqu'un qui s'oppose à cette élection ?

Le peuple de Logres était unanime à approuver l'archevêque, mais les barons intervinrent :

— Seigneur, nous vous demandons de laisser encore cette épée en place jusqu'à la Pentecôte. Si personne ne parvient à l'enlever, nous nous engageons à reconnaître ce garçon pour roi.

— Si j'attends la Pentecôte pour le sacrer, obéirez-vous de bon cœur et sans réserve ?

Ils s'y engagèrent. L'archevêque fit remettre l'épée dans l'enclume à Arthur, et plaça des gardes pour la surveiller.

Personne ne parvint à ébranler l'épée. La Pentecôte approchait, et les seigneurs se rassemblèrent à nouveau à Logres.

— Seigneur, dit l'archevêque à Arthur, qu'il avait pris sous sa protection, vous allez être roi et seigneur de ce peuple. Choisissez dès aujourd'hui ceux qui seront vos conseillers, répartissez les charges et les offices de la couronne.

— Seigneur, si Dieu veut que je sois roi, acceptez de me conseiller. Choisissez vous-même ceux qui m'aideront à gouverner droitement, et appelez auprès de vous Antor, mon seigneur.

L'archevêque fit venir Antor. Avec l'accord des seigneurs, les deux hommes désignèrent les conseillers qui convenaient, et ils firent de Keu le sénéchal du royaume.

La veille de la Pentecôte, les barons se présentèrent au palais de l'archevêque.

— Vous opposerez-vous encore à la volonté de Dieu ? leur demanda le saint homme.

— Non, seigneur, nous n'en ferons rien. Mais nous sommes stupéfaits de voir un homme si jeune et de si petit lignage devenir notre maître. Faites-nous quelques concessions. Nous ne connaissons pas ce garçon comme vous, car nous n'avons pas eu l'occasion de le sonder. Avant de le sacrer, permettez-nous de juger comment il se comporte.

— Qu'à cela ne tienne !

Les barons firent venir Arthur et l'emmenèrent dans la cathédrale pour converser avec lui et sonder ses sentiments.

— Seigneur, lui dirent-ils, nous voyons bien que Dieu veut que vous soyez notre roi. Nous allons vous reconnaître comme suzerain, et vous faire hommage de nos terres[1].

— Seigneurs, répondit Arthur, je ne peux ni ne dois le faire présentement. Je ne suis pas moi-même en possession de ce royaume. Je ne le ferai qu'après avoir été sacré, couronné et revêtu de la dignité royale. Et cette dignité, je ne peux la tenir que de Dieu et de vous.

Les barons se regardèrent entre eux :

— Si cet enfant vit, dirent-ils, il sera d'une grande sagesse.

Puis ils se rendirent avec Arthur au palais de l'archevêque et là, ils firent apporter de riches trésors, des

---

1. Le roi est le suzerain suprême des seigneurs de son royaume. Lors de son sacre, il reçoit donc l'*hommage* (serment de fidélité) de tous les barons, et leur confirme la possession de leurs fiefs.

cadeaux somptueux, pour voir s'il céderait à la cupidité. Mais Arthur se contenta de s'informer auprès de ses conseillers pour connaître les mérites et les besoins de chacun. Il répartit donc ainsi ces trésors : aux bons chevaliers il donna des chevaux et des armes, aux seigneurs qui aimaient la vie fastueuse, des bijoux et des vêtements précieux, aux avares, de l'or et de l'argent. À chacun il fit les dons qui convenaient. Par sa conduite, il gagna l'estime de tous.

Les barons se réunirent après vêpres. Ils furent unanimes à juger que le garçon faisait preuve d'un noble caractère et d'un jugement au-dessus de son âge, et qu'on ne pouvait discerner en lui ni convoitise ni vice. Ils allèrent donc porter leur accord à l'archevêque, qui avait déjà préparé la couronne et les vêtements du sacre. Arthur serait fait chevalier avant la cérémonie.

Le jeune homme passa donc la nuit en prières dans la cathédrale, et au matin les seigneurs et tout le peuple s'y rassemblèrent. Après l'avoir adoubé[1], l'archevêque s'adressa à l'assistance :

— Voici celui que Notre-Seigneur a choisi, comme vous l'avez vu à Noël. Aucun de ceux qui ont voulu saisir l'épée n'a pu y parvenir, sauf lui. Voici la couronne et les vêtements royaux. Si quelqu'un s'oppose à cette élection, qu'il le dise maintenant !

— Seigneur, s'écrièrent les barons, nous sommes d'accord pour qu'il soit sacré roi, mais à une condition : s'il éprouve de l'hostilité contre l'un ou l'autre

---

1. Celui qui doit être fait chevalier (*adoubé*) passe la nuit en *prières* pour demander à Dieu de faire de lui un bon chevalier.

d'entre nous pour avoir fait obstacle à son élection, qu'il nous le pardonne !

Et ils implorèrent son pardon à genoux. Arthur, ému jusqu'aux larmes, s'agenouilla à son tour devant eux.

— Seigneurs, je vous accorde un pardon entier et sincère, et je prie Dieu qu'il vous pardonne aussi !

Ils se relevèrent et les barons le serrèrent dans leurs bras. Puis ils l'emmenèrent revêtir les vêtements royaux et le remirent à l'archevêque.

— Seigneur, dit le saint homme à Arthur, allez prendre l'épée, signe du pouvoir qui vous est donné pour défendre la sainte Église et le peuple qui vous est confié !

Ils se dirigèrent en procession vers le bloc de pierre, et, quand ils furent devant lui, l'archevêque invita Arthur à prêter serment :

— Arthur, voulez-vous jurer devant Dieu Tout-Puissant de protéger toujours la sainte Église ? Voulez-vous jurer de faire régner la paix sur votre terre, de secourir les malheureux, de faire respecter le droit et la parole donnée ? Alors avancez et prenez cette épée, le signe donné par Dieu pour vous choisir.

Ces paroles firent couler les larmes d'Arthur, et de beaucoup d'autres avec lui. Le jeune homme s'avança :

— Que Dieu, qui est le maître de toute chose, me donne la force et le pouvoir d'agir ainsi ! C'est mon plus ardent désir.

Puis il se mit à genoux, saisit l'épée et l'enleva à l'enclume, comme si elle n'y avait jamais été fixée. Il la tint toute droite dans ses mains jointes et, escorté de ses barons, il revint vers l'autel sur lequel il la déposa. Après cela, il fut sacré et reçut l'onction, comme le voulait le rituel[1] du couronnement royal.

Quand le sacre et la messe furent terminés, ils sortirent tous de l'église. Le bloc de pierre avait disparu et personne ne sut ce qu'il était devenu.

C'est ainsi qu'Arthur devint roi de Bretagne.

---

1. Le *rituel* est l'ensemble de gestes et d'actions que l'on a coutume de faire pour une cérémonie. Parmi les gestes essentiels du sacre, l'*onction* : on pose l'huile sainte réservée au sacre sur le front, les joues, les mains et la poitrine du roi.

15

Révélations

Un mois après son couronnement, le roi Arthur réunit à Carduel, au pays de Galles, une cour plénière. De tous les points du royaume de Bretagne affluèrent en grand équipage seigneurs et dames, avec leurs escortes de demoiselles et de chevaliers. Parmi eux se trouvait la reine d'Orcanie. Elle était accompagnée des quatre fils qu'elle avait eus du roi Lot, son époux. L'aîné se nommait Gauvain, et c'était déjà un jeune homme de belle mine. Après lui venaient Gaheriet, Agravain et Guerrehet, de solides garçons qui promettaient de devenir un jour d'excellents chevaliers.

La dame était d'une beauté incomparable. Quand elle arriva à la cour avec ses enfants, le roi Arthur l'accueillit avec les plus grands honneurs, car elle était reine et de la famille du défunt roi Uter Pendragon. C'était sa sœur, mais tous deux l'ignoraient. Séduit par son éclatante beauté, il tomba amoureux d'elle et la retint à la cour durant deux mois entiers. Il put alors la rencontrer en secret et coucher avec elle. C'est ainsi qu'il engendra Mordret, dont devaient advenir par la suite tant de catastrophes pour le royaume de Bretagne.

Après le départ de la dame, Arthur eut un rêve étrange. Dans son sommeil, il se vit assis sur un trône et environné d'oiseaux en grand nombre. Soudain arrivait d'un point du ciel un grand dragon, accompagné de griffons[1] : les bêtes parcouraient le royaume de Logres en brûlant tout sur leur passage, ne laissant derrière elles que des monceaux de ruines. Puis, avec ses griffons, le dragon revenait vers lui, le roi, pour l'agresser. Il tuait tous les oiseaux qui l'entouraient et ensuite l'attaquait. Le combat était violent et acharné. À la fin, le roi tuait le dragon, mais, cruellement blessé, il finissait lui-même par mourir.

Terrifié, Arthur se réveilla en sursaut. Il ne put retrouver le sommeil, tant était grande l'angoisse provoquée par ce songe. Il se leva encore préoccupé et hésitant sur la conduite à suivre. Pour dissiper ce malaise, il dit à ses hommes :

— Préparez-vous et sellez vos chevaux, nous allons chasser aujourd'hui !

Lui-même choisit un cheval robuste, passa une courte cotte[2] de chasse en cuir et quitta Carduel avec

---

1. Le *griffon*, comme le dragon, est un animal fabuleux : il a le corps d'un lion avec la tête et les ailes d'un aigle.

2. La *cotte* est une robe, portée par les hommes et par les femmes. Sa longueur et sa matière varient selon l'usage que l'on en fait.

une nombreuse escorte de chevaliers et de serviteurs. Une fois dans la forêt, ils lâchèrent les chiens, qui débusquèrent un grand cerf. Le roi se mit à le poursuivre avec ses compagnons, mais son cheval était plus endurant : il les distança assez vite et finit par les perdre de vue. S'acharnant à la poursuite du cerf, il continua sa course, jusqu'au moment où son cheval tomba mort d'épuisement. Il se retrouva tout désemparé, à pied, éloigné de ses hommes par plus de deux lieues anglaises[1]. Le cerf s'était enfoncé dans les taillis. Arthur suivit quelque temps sa trace à pied, pensant que ses gens allaient arriver pour prendre la bête. Mais il dut finalement s'arrêter, épuisé et en sueur, incapable de marcher davantage. Il s'assit sur un tronc d'arbre auprès d'une source, et son rêve lui revint aussitôt à l'esprit.

Il était là, pensif et désemparé, quand Merlin s'approcha de lui, sous l'apparence d'un enfant de quatre ans, et le salua. Arthur releva la tête et vit l'enfant.

— Que Dieu te bénisse ! répondit-il à son salut. Qui es-tu donc ?

— Je suis un enfant d'un lointain pays. Mais vous-même, pourquoi êtes-vous si préoccupé ?

— Mon enfant, je crois que personne, sauf Dieu, ne peut me conseiller sur ce qui me préoccupe.

— Et pourtant, je connais ce qui cause ton souci : tout ce que tu as vu en rêve doit arriver. Mais, à mon

---

1. La *lieue* mesure environ 4 km. Comme sa longueur varie suivant les pays ou provinces, on parlera de *lieues anglaises, galloises, écossaises*.

avis, un homme ne doit pas se laisser troubler par une chose à laquelle il ne peut rien changer.

Le roi le dévisagea, étonné de trouver une telle sagesse dans les paroles d'un enfant.

Celui-ci reprit :

— Tu es étonné ? Eh bien, tu vas l'être plus encore, car je vais te raconter ton rêve de cette nuit.

— Par ma tête, c'est une chose impossible ! Je n'en ai parlé à personne.

Merlin lui raconta exactement tout le contenu de son rêve.

— Ma foi, répliqua Arthur stupéfait en se signant, tu n'es pas un être humain, mais un diable !

— Pourquoi dis-tu que je suis un diable ? Parce que je connais les secrets les plus cachés ? Je vais te montrer que c'est toi qui es un vrai diable, un ennemi de Dieu. Tu as été sacré roi de ce pays. Cet honneur t'a été confié par la grâce de Dieu, et toi, Arthur, tu as commis un péché abominable : tu as couché avec ta propre sœur, engendrant un fils, par qui un jour les plus grands malheurs s'abattront sur ce royaume.

— Mais comment peux-tu m'affirmer cela ? s'écria Arthur, cramoisi de honte. Il faudrait d'abord que j'aie une sœur ! Et comment le saurais-tu, alors que moi-même je l'ignore ? Tu ne peux prouver ce dont tu m'accuses.

— Tu te trompes. Je sais mieux que toi qui sont tes parents et tes sœurs.

Arthur restait persuadé que l'enfant mentait, ou que c'était un diable envoyé pour le tromper. Il poursuivit néanmoins :

— Si tu me disais la vérité au sujet de mes parents

et de mes sœurs, tu pourrais me demander tout ce que tu voudrais !

— M'en donnes-tu ta parole de roi ?

— Je le jure.

— Je vais donc te l'apprendre et je t'en apporterai bientôt la preuve. Sache que tu es de noble naissance, fils de roi et de reine, et que ton père fut le meilleur chevalier de son temps.

— Si je suis de si haute naissance, je n'aurai de cesse d'agrandir ce royaume et d'étendre mes conquêtes dans le vaste monde !

— C'est un noble désir. Tu seras ainsi le digne fils de ton père.

— Mais comment s'appelait mon père ? Peux-tu me le dire ?

— Oui, assurément. C'était Uter Pendragon, le roi de ce pays.

— Par Dieu, j'ai toujours entendu vanter ses mérites ! S'il fut vraiment mon père, je ne peux manquer de valeur. Mais si cela est vrai, comment le faire admettre aux seigneurs de ce royaume ?

— Sois sans crainte. Avant la fin de ce mois, ils seront convaincus que tu es le fils d'Uter Pendragon et de la reine Ygerne.

— J'ai du mal à te croire. Si je suis leur fils, pourquoi m'aurait-on confié à un vavasseur[1] pour qu'il m'élève ? Cet homme m'a dit lui-même qu'il ignorait qui étaient mes parents. Et toi, un étranger, tu le saurais ? Tu te moques de moi.

_____

1. Le *vavasseur*, vassal de vassal, est un homme de la petite noblesse.

— Je n'ai menti en rien et je ne me moque pas de toi. Je t'ai révélé tout ceci par amour pour toi. Le péché que tu as commis avec ta sœur restera secret à tout jamais : ni toi ni moi n'en dirons un mot à quiconque. Si je garde ce secret, sache-le, c'est par affection pour ton père, car nous nous sommes beaucoup aimés.

— Mais que me racontes-tu ? Tu n'as pas l'âge d'avoir été l'ami de mon père, si du moins ce fut Uter Pendragon ! Laisse-moi, car je ne peux croire plus longtemps à tes sornettes !

Merlin fit alors semblant d'être très en colère et, quittant le roi, il s'enfonça dans la forêt. Là, il changea d'aspect et prit la forme d'un beau vieillard tout vêtu de gris. Sous cette apparence respectable, il revint trouver Arthur et le salua comme s'il ne l'avait jamais vu.

— Seigneur chevalier, que Dieu vous protège ! Et qu'il vous tire d'embarras, car vous me semblez bien préoccupé !

— J'en aurais bien besoin, mon cher seigneur. Mais venez vous asseoir à côté de moi.

Le vieillard s'assit et engagea la conversation avec lui. Le roi fut vite frappé par la sagesse de son compagnon.

— Et pourquoi vous ai-je trouvé si préoccupé tout à l'heure ? lui demanda Merlin.

— Mon bon seigneur, il s'est produit des événements bien étranges depuis hier soir. Un petit enfant est venu me tenir des propos extraordinaires. Il semblait connaître des choses que je pensais être le seul à savoir.

— Seigneur, même les secrets les mieux gardés viennent à être découverts. Mais racontez-moi ce qui vous tourmente, et je tâcherai de vous conseiller au mieux.

Ce vieillard inspirait confiance, tant par sa mine que par ses propos pleins de sagesse, et Arthur se décida à lui révéler une partie de ses soucis. Il raconta donc son rêve.

— Seigneur, lui répondit Merlin, voilà ce que je peux vous dire au sujet de ce songe. Votre royaume ira à sa perte, et vous serez vous-même plongé dans la douleur à cause d'un homme qui n'est pas encore né, mais qui vient d'être engendré. Les preux chevaliers du pays de Logres seront massacrés et votre terre dévastée par la faute de ce maudit.

— Vous me parlez d'une véritable catastrophe, répondit Arthur, consterné. Mieux vaudrait qu'une telle créature soit détruite dès sa naissance, plutôt que de provoquer de si grands malheurs. Je vous en prie, révélez-moi de qui elle doit naître et dans quel lieu.

— Non, seigneur. Jamais, s'il plaît à Dieu, je ne causerai la perte d'un nouveau-né sans défense, même s'il doit devenir un traître. Aider à tuer un enfant, une créature innocente, serait un crime qui me ferait perdre le salut de mon âme.

— Dites-moi au moins quand et où il naîtra !

Merlin sourit.

— Je vais te le dire, mais tu ne pourras rien contre lui. Le Seigneur en a décidé autrement. Il naîtra dans le royaume de Logres, le premier jour de mai.

— Je ne t'en demanderai pas davantage. Mais dis-moi, toi qui connais si bien l'avenir, tu dois aussi connaître ce qui s'est passé à ton époque ?

— Certainement.

— Il est une chose que je voudrais bien savoir.

— Oui, je vais te le dire, car je sais ce que tu vas me demander.

— Mais comment est-ce possible ? Je ne t'ai encore rien dit !

— Tais-toi un peu et écoute. Tu ignores qui est ton père, et c'est cela que tu veux me demander. Eh bien, je le sais et je donnerai la preuve de ce que j'avance, à toi et à tous les gens du royaume.

Le roi se signa de stupeur.

— Tu lis dans mes pensées ! Je croyais que seul Dieu en était capable. Qui peux-tu donc bien être ? Fais-moi savoir ton nom, je t'en prie !

— Je ne te le cacherai pas plus longtemps. Apprends donc que je suis Merlin, le sage devin dont le nom est bien connu dans tout ce royaume.

La joie illumina le visage d'Arthur, et d'un élan, il embrassa Merlin.

— Ah ! Merlin, s'écria-t-il, tu es l'homme dont les plus sages parlent avec respect. Je croirai tout ce que tu me diras. Éclaire-moi sur ma naissance.

— Bien volontiers. Je peux t'affirmer que le roi Uter Pendragon fut ton père, et Ygerne ta mère. Mais quand tu fus conçu, elle n'était pas encore reine : c'était l'épouse du duc de Tintagel.

Merlin lui révéla alors comment, grâce à son stratagème, le roi avait trompé Ygerne la première nuit.

— Ce jour même, poursuivit-il, j'ai demandé à Uter

qu'il me fasse don de toi. Il a accepté car il avait beaucoup d'affection pour moi, et me faisait confiance.

Il lui raconta comment l'enfant était né, six mois après le mariage d'Uter et d'Ygerne, et comment le secret avait été gardé pour préserver la reine de la honte. Il avait en personne confié le nouveau-né à Antor, et son épouse l'avait allaité.

Quand le roi eut appris toute l'histoire de sa naissance, il dit au devin :

— Merlin, je vois que mon père et toi, vous vous êtes beaucoup aimés, et que tu lui as été fidèle en toute chose. Tu en sais plus sur moi que personne au monde, et je te crois. Mais comment convaincre mon peuple de ce que tu viens de me révéler ?

— Ne crains rien, je prouverai, à toi et au peuple, que tu es bien le fils d'Uter Pendragon.

— C'est déjà un service considérable ! Je ne te demanderai rien de plus.

Là-dessus, les gens du roi arrivèrent, tout joyeux de retrouver leur seigneur, qu'ils avaient longuement cherché de tous côtés. Le roi monta en selle et invita Merlin à l'accompagner à Carduel. En chemin, Merlin poursuivit leur entretien et donna à Arthur ses instructions :

— Tu vas envoyer des messagers à tous tes barons pour leur ordonner de se présenter à ta cour le dimanche dans quinze jours. Fais venir la reine Ygerne avec sa fille Morgane. Quand ils seront rassemblés dans la grande salle du palais, j'agirai en sorte que la reine te reconnaisse pour son fils.

— Rien ne pourrait me combler davantage !

— Mais dis-moi, poursuivit Merlin, qui pouvait

bien être, à ton avis, le jeune garçon à qui tu as parlé tout à l'heure, près de la source ?

— Il m'a stupéfié par ses propos. Mais maintenant je suis certain qu'il s'agissait de toi. N'ai-je pas souvent entendu raconter que tu avais le pouvoir de changer d'apparence à volonté ? Lui et toi, vous ne faites qu'un, voilà mon opinion.

— C'est juste. Tu as été trompé par une apparence, tout comme le fut ta mère jadis, la nuit où tu fus conçu. Elle croyait coucher avec son époux, le duc de Tintagel, et non avec Uter Pendragon.

Tout en parlant ainsi, ils arrivèrent dans la cité de Carduel. Dans la cour du château, le roi aida Merlin à descendre de cheval et l'invita à venir séjourner dans sa demeure. Il était très heureux de l'y accueillir et s'employa aussitôt à mettre leur projet à exécution. Des messagers furent envoyés dans tout le royaume.

Lorsque la reine Ygerne reçut le message qui la convoquait à Carduel, elle s'inquiéta, craignant que le nouveau roi ne cherche à la déshériter en la dépouillant de ses terres. Elle demanda donc au roi Lot, à ses filles et à tous les membres de sa famille de l'accompagner à la cour, pour défendre ses droits le cas échéant.

Pendant ce temps, Arthur faisait venir Antor et Merlin convoquait Ulfin. Ce dernier fut très heureux d'apprendre que le devin était revenu à la cour. Quand les quatre hommes furent réunis, Merlin s'adressa à Ulfin :

— Tu te souviens qu'Uter Pendragon m'a fait don de son fils nouveau-né ? Sais-tu encore le jour où il est né et m'a été remis ?

— Oui, assurément, car je l'ai noté alors.

— Et toi, Antor, sais-tu qui t'a remis Arthur ?

Antor l'examina un bref instant.

— Vous-même, je pense.

— Et quel jour cela s'est-il passé ?

Antor le précisa. C'était le même jour que celui noté par Ulfin. Les deux hommes comprirent qu'Arthur était le fils d'Uter Pendragon, et Merlin le leur confirma.

— Quelle joie pour le royaume de Logres quand la nouvelle sera connue ! s'exclamèrent-ils.

En effet, certains parmi les grands seigneurs méprisaient Arthur parce qu'ils le croyaient de petite naissance. Merlin fit encore cette recommandation à Antor :

— Prends soin, le jour venu, de réunir à la cour ceux de tes voisins qui pourront témoigner de l'époque où l'enfant te fut confié.

Il ne restait plus qu'à attendre le jour fixé pour l'assemblée.

Quel spectacle, ce jour-là ! À la cour du roi se rassemblèrent en grand nombre vaillants chevaliers, seigneurs et dames richement parés. Parmi ces dames d'une grande beauté, on admira beaucoup Morgane, la plus jeune fille d'Ygerne, qui l'emportait sur les plus belles. Quand les tables furent mises et que chacun eut pris place, Ulfin se présenta devant le roi et prononça ces paroles, assez fort pour être entendu de tous :

— Seigneur roi, je suis très surpris de voir que tu accueilles à ta table une femme qui a commis un crime abominable : elle est en effet coupable de meurtre et de trahison. On te considère comme un homme de bien. Comment peux-tu tolérer une telle criminelle ?

Le roi fit mine d'être très irrité.

— Ulfin, répondit-il aussitôt, prends garde à ce que tu avances ! Sinon, tu passeras pour un fou !

— Seigneur, je vois manger à ta table une femme qui n'aurait jamais dû régner sur un vaste et puissant royaume. Elle a commis jadis le meurtre le plus affreux qui soit. Si elle veut le nier, je suis prêt à en apporter la preuve par les armes, contre n'importe quel chevalier de cette cour[1].

— Cela suffit, dit le roi. Tu dois maintenant révéler le nom de celle que tu accuses si gravement.

— C'est la reine Ygerne, ici présente. Aura-t-elle l'audace de nier ?

Arthur, feignant la plus grande surprise, se tourna vers la dame :

— Dame, vous venez d'entendre l'accusation de ce chevalier. Réfléchissez à ce que vous allez faire, car, s'il peut prouver ses dires, je serai obligé de vous déshériter de toutes vos terres, et de vous enfermer à perpétuité. Si j'agissais autrement, je serais complice de ce crime, et le déshonneur serait sur moi.

La reine était en proie au plus vif désarroi devant

---

1. Ce qu'Ulfin propose ici, c'est un *duel judiciaire*. Quand un accusé ne reconnaît pas les faits qu'on lui reproche, il peut produire un champion, qui défendra sa cause en se battant en duel contre l'accusateur. Ulfin propose donc de combattre contre tout chevalier qui défendra la cause de la reine. Celui qui remporte le combat prouve la justesse de ce qu'il a avancé. En effet, on pense que Dieu donne la victoire à celui qui est dans son bon droit : c'est ce qu'on appelle le *jugement de Dieu*.

l'accusation d'Ulfin, car elle savait qu'il connaissait beaucoup de ses secrets. Elle répondit cependant avec beaucoup de dignité, sans consulter aucun des siens :

— Seigneur, s'il vous donne son gage[1] pour prouver cette accusation, je suis sûre qu'avec l'aide de Dieu, je pourrai trouver un défenseur. Jamais, Dieu le sait, je n'ai commis un tel crime.

Ulfin se précipita alors pour mettre son gage dans la main du roi. Puis il déclara, de manière à être entendu de tous :

— Seigneurs du royaume de Logres, vous avez devant vous la reine Ygerne, que le roi Uter rendit enceinte la première nuit où il partagea sa couche. Elle mit au monde un héritier mâle, mais ne voulut pas conserver cet enfant. L'a-t-elle tué ou s'en est-elle débarrassée autrement ? Personne n'a pu savoir ensuite ce qu'il était devenu. Roi Arthur, cette dame n'a-t-elle pas trahi son propre enfant ? Si elle persiste à le nier, je suis prêt à revêtir mon haubert pour le prouver. Mais elle sait bien que je dis la vérité.

— Dame, dit le roi à Ygerne en feignant la stupéfaction, cet homme a-t-il dit vrai ?

La reine ne pouvait articuler un mot, tant sa confusion était extrême. Elle savait bien que la vérité était sortie de la bouche d'Ulfin. Cependant le tumulte commençait à s'élever dans la salle. Tous commentaient les paroles d'Ulfin et le mutisme d'Ygerne. La

---

1. Avant de se battre en duel, les chevaliers remettent à celui qui arbitre le combat un *gage* : un objet, souvent un gant. Ce geste symbolise l'acceptation de l'arbitre et des règles fixées pour le combat.

reine ne méritait-elle pas la mort pour avoir agi de la sorte ?

Le roi leur ordonna de faire silence, puis il s'adressa à Ygerne :

— Dame, que répondez-vous à cette accusation ?

Éperdue, tremblante de peur, la reine s'écria :

— Ah ! Merlin, maudit sois-tu ! C'est toi la cause de mon malheur, car c'est toi, je m'en doute, qui as reçu cet enfant !

Le devin était assis non loin d'Arthur, sous l'apparence du vieillard vêtu de gris, qu'il avait en arrivant à Carduel.

— Dame, répliqua-t-il, pourquoi maudire Merlin ? Il vous a servis plus d'une fois, vous et Uter Pendragon !

— Il nous a sans doute été utile au début, mais il nous l'a fait payer très cher ensuite, en nous prenant le premier et le seul enfant que Dieu nous ait donné. Je n'ai jamais pu savoir ce qu'il était devenu.

— Seigneur, dit Merlin au roi, voulez-vous savoir pourquoi Merlin s'est fait donner l'enfant ?

— C'est donc bien lui qui l'a emporté ?

— Oui, et je vous raconterai comment. Mais auparavant, faites apporter les saintes reliques et obligez la reine à jurer qu'elle ne me démentira pas si je dis la vérité.

Le roi fit aussitôt apporter les reliquaires dans la salle. La reine, se levant de table, dit à Merlin :

— Je vais prêter serment, mais à une condition : que vous fassiez connaître votre nom.

— Vous le saurez, répondit le vieillard.

Ygerne jura sur les reliques, puis elle se tourna vers Merlin :

— Je veux connaître votre nom. Tiendrez-vous parole ?

Merlin reprit alors la forme sous laquelle Ygerne l'avait connu.

— Dame, je vous dirai mon nom, si vous l'ignorez encore, mais ne me reconnaissez-vous pas ?

La reine le regarda et s'exclama :

— Ah ! Merlin, je vois que vous voulez me faire passer pour coupable ! Pourtant, vous savez bien que c'est profondément injuste. Pour l'enfant, je n'ai fait qu'exécuter ce que m'ordonnait le roi Uter. C'est à vous que je l'ai confié, et c'est à vous de le rendre !

Merlin se mit à sourire et il dit au roi :

— Seigneur, acceptez que je poursuive mon récit, et l'on saura pourquoi Merlin a emporté l'enfant.

— Avant toute chose, répliqua le roi, je voudrais que vous déclariez devant mes barons que vous êtes bien Merlin.

— Oui, assurément, je suis Merlin.

Et les barons, qui l'avaient vu maintes fois auparavant, le reconnurent aussitôt. Mais ignorant qu'Arthur le connaissait, ils lui affirmèrent d'une seule voix :

— Seigneur, c'est bien Merlin !

Le roi rétablit le silence.

— Merlin, reprit-il, vous devez répondre à l'accusation de la dame. Est-ce bien à vous que l'enfant a été remis ?

— Seigneur, soyez sûr que je dirai la vérité. Oui, cet enfant m'a été donné dès sa conception par son père. À sa naissance, ses parents ont tenu leur promesse et me l'ont remis. Aussitôt, je l'ai mis en sûreté, en le confiant à quelqu'un qui l'a élevé avec encore plus de tendresse que son propre fils.

Il se tourna vers Antor, assis non loin de là.

— Antor, je te réclame celui que je t'ai donné, cet enfant que tu as élevé à la demande d'Uter Pendragon. Rends-le-moi comme je te l'ai confié.

— C'est impossible, car il ne m'appartient pas. C'est moi qui lui appartiens, comme tout homme en ce royaume. Mais je peux vous montrer comme ce petit être sans défense est devenu grand et fort.

Il se leva de table et s'approcha du roi :

— Seigneur, acceptez-vous que je vous touche ?

— Certainement.

Antor prit alors Arthur par la main et dit à Merlin :

— Merlin, voici celui que vous m'avez confié. L'ai-je élevé comme vous le souhaitiez ?

— Oui, tu peux être fier de lui. Mais pour que l'on puisse te croire, tu vas devoir prouver ce que tu avances.

— Je peux le prouver par le témoignage de mes voisins. Ils savent bien quel jour l'enfant me fut remis, et depuis, ils l'ont vu grandir à côté de moi.

Les voisins d'Antor s'avancèrent et se portèrent garants de ses paroles.

— Vous devez encore savoir, ajouta Merlin, à quelle époque l'enfant fut remis à Antor.

— Nous le savons bien, s'écrièrent-ils.

— Et quand cela s'est-il passé ?

— Il y a un peu plus de quinze ans.

Et le chapelain s'avança pour préciser le jour où il avait baptisé l'enfant. Merlin s'adressa alors à Ulfin :

— Te souviens-tu du jour où est né l'enfant d'Uter Pendragon et de la reine Ygerne ?

Et Ulfin confirma qu'il s'agissait bien du même jour.

— Seigneurs de Logres, reprit Merlin, puis-je considérer que ces témoignages m'innocentent ?

— Oui, Merlin. Nous savons que ce sont des gens honnêtes qui ont parlé.

— Je me tiens donc pour disculpé de l'accusation que la reine a porté contre moi. Dame, dit-il en se tournant vers Ygerne, vous m'avez réclamé votre enfant, celui que vous m'avez donné sur l'ordre du roi. Je vous le rends.

Merlin prit alors Arthur par le bras.

— Arthur, ton père t'a donné à moi, et je te donne au royaume de Bretagne. Je veux déclarer devant tous que tu es le fils d'Ygerne et que tu fus engendré par Uter Pendragon la première nuit où il s'unit à elle. Le jour est venu de vous retrouver et de vous reconnaître comme mère et fils. Quant à vous, seigneurs de Logres, je vous demande de ne plus mépriser votre roi parce que vous ignorez ses origines. Vous devez avoir pour lui amour et estime, tout d'abord parce que c'est Notre-Seigneur qui l'a choisi, ensuite parce que c'est un prince juste et sage, enfin parce qu'il est de haute naissance et fils du roi Uter Pendragon.

Dans la salle, la joie était à son comble. Le roi courut vers sa mère, se jeta dans ses bras et tous deux s'embrassèrent en pleurant. Les barons, voyant ce spectacle, déclarèrent que jamais Merlin n'avait offert plus grande joie au royaume de Logres.

— Béni soit Dieu ! dirent-ils. Que l'on fasse savoir à tous l'origine du roi et la noblesse de son lignage !

Dans toutes les terres de la Bretagne, la nouvelle se répandit, suscitant une joie immense. Les réjouissances durèrent quinze jours entiers.

16

Arthur en Carmélide

Sur le conseil de Merlin, le roi Arthur passa la première année de son règne à parcourir le royaume de Bretagne. Dans chaque cité où il se rendait, il était accueilli par les seigneurs de l'endroit, et il se faisait présenter tous ceux qui avaient quelque importance. Le menu peuple accourait pour voir de ses yeux le fils d'Uter Pendragon, ce grand roi qui avait toujours protégé la terre de Logres. Assisté de ses conseillers, le nouveau roi faisait à tous bonne justice. Il ne quittait pas la ville sans avoir distribué de ses biens aux uns et aux autres. Il gagna ainsi beaucoup de cœurs.

Au bout d'une année, le roi Arthur se rendit à Londres pour y tenir une cour magnifique. Comme il sied à un roi, il adouba de nouveaux chevaliers et fit de riches cadeaux de robes, bijoux et chevaux.

Comme le roi était à table, des messagers se présentèrent à la cour. Ils apportaient de fort mauvaises nouvelles du royaume de Carmélide. Le roi Léodagan était en mauvaise posture, car ses pires ennemis avaient fait alliance pour conquérir sa terre. Frolle, le duc d'Allemagne, et le roi Claudas de la Terre Déserte avaient réuni leurs armées et commencé à envahir le pays.

Ces nouvelles firent briller les yeux d'Arthur. Depuis qu'il savait être le fils d'Uter Pendragon, il rêvait de conquérir par les armes une gloire semblable à celle de son père. Il sut cependant contenir son impatience et ordonna qu'on fasse bon accueil aux messagers.

Vers l'heure de vêpres, il fit venir Merlin. Celui-ci n'était pas présent au repas du roi, mais il connaissait les nouvelles de Carmélide avant l'arrivée des messagers. Il considéra Arthur en souriant.

— Merlin, s'écria le jeune roi après l'avoir salué, je t'en prie, conseille-moi ! Tu m'as appris à gouverner ma terre en paix, mais ne dois-je pas maintenant faire la preuve que je sais aussi me comporter dans la guerre ?

— En quoi as-tu besoin de mes conseils ?

— Tu connais certainement les événements de Carmélide. Que sais-tu du roi Léodagan ?

— Il fut dans son temps un chevalier renommé, mais il a atteint un âge où l'on ne peut plus mener ses hommes au combat. Il les a rassemblés autour de la cité de Carohaise, où il se tient, mais il a tout à craindre de ses ennemis, qui sont puissants et résolus.

— Merlin, je brûle de mettre à l'épreuve ma force et mon courage. Ne dois-je pas montrer en cela que je suis bien le fils d'Uter Pendragon ?

— Oui, n'aie aucune crainte à ce sujet, la preuve en sera faite. Tu prendras avec toi l'épée que tu as retirée l'an passé de l'enclume, et tu lui donneras le nom d'Escalibur, ce qui signifie en hébreu « tranche fer et acier ». Cette épée n'a pas été forgée par une main humaine, et elle ne te fera jamais défaut jusqu'à ta mort. Tu iras te mettre au service du roi Léodagan contre ses ennemis.

— C'est mon désir le plus cher. Mais que dois-je faire pour que ma propre terre soit à l'abri, quand je serai en Carmélide ?

— Tu vas garnir de vivres et de munitions toutes tes forteresses, et tu laisseras à la tête du royaume des hommes fidèles et de grande expérience : Ulfin et Bretel, assistés par tes conseillers. Pour le reste, aie confiance en la protection de Notre-Seigneur, car tu vas faire le bien en allant défendre Léodagan : ses ennemis n'ont aucun droit sur son royaume.

La joie d'Arthur était totale : Merlin lui conseillait ce que son cœur désirait le plus. Le devin ajouta :

— Demain vont arriver à ta cour deux chevaliers auxquels tu feras un grand accueil. Ce sont les rois Ban de Bénoïc et Bohort de Gaunes. Ils sont frères et gouvernent deux royaumes de Petite-Bretagne[1], pour lesquels ils veulent te prêter hommage[2], comme

---

1. Au Moyen Âge, on nomme *Petite-Bretagne* (ou Armorique) l'actuelle Bretagne française, pour la distinguer de la Grande-Bretagne, appelée alors *Bretagne* (tout court), qui est le royaume d'Arthur.

2. Bénoïc et Gaunes sont deux petits royaumes. Leurs rois sont les vassaux du roi de Bretagne, auquel ils prêtent *hommage*.

ils l'ont toujours fait à ton père Uter Pendragon. Persuade-les de venir avec toi en Carmélide, car ce sont d'excellents chevaliers.

Arthur ordonna que tout soit mis en œuvre le lendemain pour accueillir dignement les deux rois. On tendit les rues de soieries et de tapis, et l'on joncha le sol d'herbes et de fleurs. À l'approche de leur troupe, Arthur réunit toute une suite de chevaliers pour se porter à leur rencontre, avec une escorte de dames et de demoiselles. Il les reçut magnifiquement et ordonna en leur honneur un superbe tournoi. Dans la soirée, Merlin vint trouver Ban et Bohort en compagnie d'Arthur. Il les mit au courant des menaces pesant sur le royaume de Léodagan, et leur proposa de suivre le roi Arthur en Carmélide.

— Voilà un projet bien tentant, répondit le roi Ban, mais ne serait-il pas imprudent de rester longtemps éloignés de nos royaumes ? Nous avons des voisins dangereux et sans scrupules qui n'attendent peut-être que cette occasion.

— Le plus dangereux d'entre eux est le roi Claudas de la Terre Déserte, lui répondit Merlin. En défendant contre lui le roi Léodagan, vous ne faites que servir vos intérêts. Sans compter l'avantage pour vous d'avoir à l'avenir comme alliés les royaumes de Carmélide et de Logres.

— Je suivrai votre conseil, Merlin, car vous êtes plus sage que quiconque dans le royaume de Bretagne.

Le roi Bohort partageait pleinement son avis. Les deux rois furent donc d'accord pour suivre Arthur en Carmélide, avec tous les chevaliers et hommes d'armes qui les accompagnaient. De son côté, le roi Arthur, dans les jours suivants, fit tout le nécessaire pour garnir ses places fortes, et il confia le royaume à Ulfin et Bretel.

Puis il choisit une quarantaine de compagnons, tous avides de gagner honneur et réputation au service d'une bonne cause. Quand ces préparatifs furent achevés, la petite troupe se mit en route vers la Carmélide, en compagnie de Merlin.

Ils traversèrent tout le pays de Logres, ainsi qu'une partie de la Carmélide, avant de parvenir à Carohaise. Le roi Léodagan était dans la grande salle de son palais, entouré de ses barons. Ils tenaient conseil, car les nouvelles étaient alarmantes : les armées ennemies occupaient une partie de la Carmélide et ravageaient le pays sur leur passage.

Devant le roi s'avancèrent Arthur, Ban et Bohort. Le roi Ban était le plus âgé d'entre eux, et le plus habile à parler.

— Seigneur, dit-il à Léodagan, nous sommes venus, mes compagnons et moi, nous mettre à votre disposition avec tous nos hommes. Nous nous dépenserons sans compter pour défendre ce royaume contre Frolle, le duc d'Allemagne, et Claudas, le roi de la Terre Déserte. Une seule condition à notre aide : vous ne chercherez pas à savoir quels sont nos noms. L'acceptez-vous ?

Le roi Léodagan n'était que trop heureux de ce secours inattendu.

— Seigneurs, leur dit-il, toute aide, d'où qu'elle vienne, est la bienvenue. J'accepte vos conditions, en mon nom et en celui de mes barons.

D'une seule voix, les barons l'approuvèrent. Les nouveaux venus allèrent s'héberger chez un vavasseur et sa femme, qui leur firent bon accueil. Quant à leurs hommes, ils plantèrent leurs pavillons[1] à l'extérieur de la cité, là où se trouvaient déjà les troupes de Léodagan et de ses barons.

Une semaine à peine après leur arrivée, les armées ennemies parurent devant Carohaise. À la tête des Allemands se trouvait le duc Frolle, et Claudas menait les gens de la Terre Déserte. En voyant la fumée des incendies qu'ils allumaient sur leur passage, les guetteurs de la ville avaient annoncé leur approche. Tous les combattants s'étaient armés et retranchés dans la cité. Les portes de l'enceinte avaient été solidement fermées, et les ponts-levis remontés.

Les gens du roi Léodagan s'étaient regroupés sous l'enseigne[2] royale à trois bandes d'or, portée par le sénéchal Cléodalis. Quant à Arthur et ses compagnons, ils s'étaient rassemblés autour de la bannière de Merlin, qui portait un dragon lançant des flammes.

---

1. Le *pavillon* est une tente assez vaste, où l'on peut se tenir debout à plusieurs et dresser des lits. Il sert quand le chevalier est en déplacement, pour les tournois ou la guerre.

2. *Enseigne*, *bannière*, *gonfanon* ou *oriflamme* : ces mots désignent les drapeaux utilisés comme signes de ralliement dans la bataille. Ce sont des pièces de tissu fixés au bout d'une lance et ornés d'armoiries, emblèmes du seigneur ou du roi. Ils sont indispensables pour se reconnaître dans un combat, car les visages sont masqués par les heaumes.

Les premiers coureurs de l'armée allemande approchaient. Arrivés au bord du fossé, ils se mirent à lancer des javelots contre les portes. Voyant cela, Merlin fit signe à Arthur et aux siens, et ils se dirigèrent vers la porte de la ville.

— Ouvre cette porte ! dit-il au portier.

— Mais, seigneur, je n'ai pas reçu d'ordre du roi !

Merlin s'avança alors et leva la main. Aussitôt, les lourds vantaux de la porte s'écartèrent, faisant sauter les verrous, et le pont-levis s'abaissa. La troupe ne s'attarda pas à admirer ce prodige : ils sortirent aussitôt, laissant le pont-levis remonter et les portes se refermer derrière eux.

Les voyant sortir de la ville, les Allemands de Frolle se préparèrent à lancer l'attaque. Ils firent résonner cors, trompettes et tambours, et se précipitèrent à l'assaut, dix fois plus nombreux qu'Arthur et ses compagnons.

Merlin porta alors à ses lèvres un sifflet. Au son aigu qui s'en échappa, une forte rafale de vent se leva, entraînant un grand tourbillon de poussière. Les hommes de Frolle, aveuglés, étaient dans la plus grande confusion.

— Par sainte Marie, s'écria Merlin, c'est le moment ! Allez, vaillants chevaliers, montrez votre prouesse !

Ils lâchèrent la bride à leurs chevaux et se précipitèrent sur leurs ennemis, faisant un grand carnage.

Pendant ce temps, le roi Léodagan avait fait sortir ses hommes et était allé, avec son sénéchal Cléodalis, s'attaquer à l'armée de Claudas de la Terre Déserte.

Une terrible mêlée s'engagea. Les lances déchiraient les hauberts et les épées fendaient les heaumes, faisant jaillir des étincelles. La bataille faisait rage, dans un vacarme assourdissant de coups et de cris. Les chevaliers de Claudas étaient de rudes combattants. Ils réussirent à enfoncer la défense des guerriers de Léodagan et parvinrent au roi. Celui-ci fut renversé de son cheval et fait prisonnier.

À l'instant même, Merlin, qui était à l'autre bout du champ de bataille, le sut. Il leva aussitôt son enseigne où le dragon semblait flamboyer, et appela à lui Arthur et ses compagnons.

— À moi, chevaliers vaillants !

Et une quarantaine de chevaliers se ruèrent derrière lui à bride abattue. Ils foncèrent sur le groupe qui emmenait Léodagan, et délivrèrent le roi. Puis, lui ayant rendu un cheval, ils s'élancèrent à nouveau dans la bataille.

Le duc Frolle était au cœur de l'action. Il avait rallié ses hommes pour lancer un assaut. Arthur brûlait de se mesurer à lui. Il demanda une lance neuve et solide à un écuyer, et se prépara à l'affronter.

— Seigneur, lui cria le roi Ban, qui était proche de lui, qu'allez-vous faire ? Vous êtes trop jeune pour jouter contre un adversaire de cette taille !

— Comment savoir alors ce que je vaux ?

Et Arthur piqua des deux pour aller défier le duc allemand. Frolle était un véritable colosse. Monté sur un destrier[1] robuste, et armé de sa lourde

---

1. Cheval de bataille, rapide et fougueux, dressé pour le combat à la lance. On le ménage et, quand le chevalier ne le monte

masse[1] de cuivre, il avait déjà fait un grand massacre des gens de Léodagan. Quand il vit que le chevalier qui le défiait n'était qu'un enfant à côté de lui, il fut pris d'un grand dépit. Il tourna cependant son cheval vers lui et s'élança, couvert de son écu, faisant tournoyer sa masse de cuivre. Avant que cette arme redoutable puisse l'atteindre, Arthur lui transperça l'épaule d'un coup de lance bien ajusté. Mais le géant ne sembla pas plus s'en soucier que d'une piqûre de guêpe, et resta ferme comme un roc. Arthur cependant parvint à esquiver la masse en éperonnant son cheval, qui fit un bond en avant, heurtant de front le cheval adverse. Sous le choc, les deux montures tombèrent avec leurs cavaliers. Frolle avait quarante-deux ans. Plus puissant qu'Arthur, mais plus lourd, il mit du temps à se relever. Arthur était déjà sur lui, brandissant son épée Escalibur, qui jeta un éclair fulgurant. Le géant leva sa masse, mais son manche fut tranché net par la bonne épée. Il tira alors sa propre épée, Marmiadoise, une épée dont Jason se servit jadis pour conquérir la Toison d'or[2].

— Seigneur chevalier, dit le géant à Arthur, j'ignore qui vous êtes. Mais votre hardiesse mérite qu'on vous

---

pas, l'écuyer le mène à côté en le guidant par la main droite (*dextre*).

1. Arme formée d'un manche et d'une lourde tête de métal, souvent garnie de pointes. Elle sert à frapper, à défoncer.

2. Le Moyen Âge apprécie beaucoup les grandes légendes de l'Antiquité : ici, la légende grecque de *Jason*, qui conquiert la *Toison d'or* avec ses compagnons, les Argonautes.

laisse vivre un peu plus longtemps. Je vous ferai donc grâce. Rendez-moi vos armes, et je vous laisserai aller.

Arthur rougit de colère.

— C'est peut-être vous qui feriez mieux de vous rendre ! Le fils d'Uter Pendragon n'a que faire de votre arrogance.

— Tu es donc le roi Arthur ? Eh bien, mon nom est Frolle. Je suis duc d'Allemagne, et personne ne m'a encore vaincu. Je te trouve bien hardi de te mesurer à moi.

Les paroles en restèrent là, et les deux adversaires se jetèrent l'un sur l'autre. Arthur évita le coup du géant et le frappa à l'œil droit. Mais son épée lui tourna dans la main, et la lame ne fit qu'entamer la joue. Frolle, furieux de sentir son sang couler, se rua sur Arthur, qui céda du terrain en se défendant avec acharnement. Frolle, trop sûr de sa victoire, eut l'imprudence de se découvrir, et Arthur en profita pour lui enfoncer Escalibur dans le flanc avec une telle force que le haubert se rompit. Percé de part en part, le géant s'effondra.

Les dames et les demoiselles, et parmi elles la fille du roi Léodagan, regardaient la bataille du haut des murailles de Carohaise. Elles avaient suivi le combat contre Frolle. Elles avaient prié le Ciel pour ce si jeune homme qui affrontait le plus redoutable de leurs ennemis. Maintenant, elles exultaient de joie devant sa victoire.

Ban et Bohort avaient aussi assisté au combat.

— N'avez-vous point de mal, seigneur ? demandèrent-ils à Arthur.

— Aucunement. Et j'ai conquis une épée comme il y en a peu au monde.

Le roi Arthur essuya dans l'herbe Escalibur, toute souillée de sang, et la remit au fourreau. Puis il ramassa Marmiadoise, dont la lame étincelait au soleil, et la confia à un écuyer. Après quoi il replongea dans la mêlée.

Mais de son côté, le roi Ban cherchait un adversaire entre tous : le roi Claudas, son ennemi mortel. Il l'aperçut vers l'heure de none[1], entouré de ses hommes. Aussitôt, lançant son cheval dans les rangs ennemis, il fonça sur lui. Ban était un chevalier robuste, aux larges épaules. Il leva à deux mains son épée et l'abattit de toutes ses forces. Claudas parvint, de son écu, à parer le coup, mais désarçonné par la violence du choc, il tomba à terre. Ban descendit de cheval pour continuer le combat à pied, quand il s'aperçut alors qu'il était en très mauvaise posture, seul de son camp au milieu d'adversaires résolus à le capturer.

Merlin savait toute chose. Il appela Arthur et Bohort et leur apprit le péril mortel où se trouvait le roi Ban.

— Ah, seigneur, s'écria Bohort, si mon frère mourrait, je n'aurais plus nulle joie en ce monde !

---

1. Environ 15 heures. Au Moyen Âge, on se repère dans le temps grâce aux sonneries de cloches des monastères. Elles sonnent toutes les trois heures, pour les offices des moines. La première heure du jour est *prime* (6 heures), suivie de *tierce* (9 heures), *sexte* ou *midi* (12 heures), *none* (15 heures), *vêpres* (18 heures), et *complies* (21 heures).

— Venez avec moi, leur dit Merlin. Je vous frayerai un passage jusqu'à lui.

Alors le dragon de son enseigne se mit à jeter des flammes, mettant le feu aux bannières ennemies, semant la panique parmi les rangs adverses. Arthur et Bohort parvinrent ainsi à l'endroit où se trouvait Ban, cerné par les hommes de Claudas. Son haubert était en lambeaux, son écu brisé et son heaume décerclé pendait sur son front. Adossé à son cheval tombé à terre, le roi se défendait cependant, frappant furieusement de son épée quiconque tentait de l'approcher.

Voyant son frère dans cette situation, le roi Bohort fondit sur les gens de Claudas et les heurta violemment de son cheval lancé au galop. Brandissant son épée, il fit voler la tête du premier, trancha l'épaule du second, et transperça le troisième en pleine poitrine. Arthur, qui l'avait suivi, n'était pas en reste. Le roi Ban fut bientôt dégagé, et les hommes de Claudas qui n'étaient pas tombés préférèrent s'enfuir.

Claudas tenta de les rallier, mais découragés, exténués, ils abandonnèrent la partie. Les hommes de Frolle, démoralisés par la perte de leur chef, ne valaient guère mieux. Ce qu'il restait des deux armées se replia.

Arthur, Ban et Bohort revinrent avec leurs compagnons à Carohaise, où le roi Léodagan les avait précédés. Ils traversèrent la cité en liesse, où l'on ne parlait que de cette victoire. Ils abandonnèrent leurs chevaux fourbus aux mains des serviteurs, et entrèrent dans la grande salle du palais, où les écuyers les désarmèrent.

Alors s'avança vers eux la fille du roi Léodagan, nommée Guenièvre, parée de ses plus beaux vêtements. Des bijoux de prix ornaient sa chevelure blonde, et une ceinture d'orfroi[1] ceignait sa taille. Elle leur présenta un beau bassin d'argent ouvragé, rempli d'eau chaude parfumée. Après leur avoir lavé le visage, le cou et les mains, elle les essuya délicatement avec une serviette de lin d'une éclatante blancheur.

Elle regarda le roi Arthur, et reconnut celui qu'elle avait vu combattre si hardiment contre Frolle, le duc d'Allemagne. « Quelle femme, se dit-elle, ne serait heureuse d'accorder son amour à un chevalier si beau et si vaillant ? »

De son côté, Arthur la regardait avec douceur. Il n'avait jamais vu si belle jeune fille dans tout le royaume de Bretagne. L'or de sa chevelure rivalisait en éclat avec celui de la couronne d'or et de pierreries qu'elle portait. Pareils à deux étoiles, ses yeux vifs illuminaient un frais visage au teint de lis. Les lèvres vermeilles s'ouvraient sur des dents pareilles à des perles. Quant au corps, il était ni trop gras ni trop maigre, la taille était svelte, les mains blanches et fines, et les pieds cambrés. Le Créateur avait fait en elle une merveille de grâce et d'élégance. Et plus Arthur la contemplait, plus il sentait qu'elle était également pleine de toutes les qualités d'une noble dame : sagesse, douceur et générosité.

---

1. Bande de tissu brodée d'or, dont on fait des ceintures et des bordures de vêtements.

Le repas était prêt, et l'on installa les tables[1]. Les rois Ban et Bohort firent asseoir Arthur entre eux pour l'honorer. Voyant cela, le roi Léodagan se dit : « Ce doit être leur seigneur, et il mérite bien d'être fêté, car j'ai vu aujourd'hui plus de prouesse en lui qu'en nul autre. » Et il fit signe à sa fille pour qu'elle aille honorer tout particulièrement le héros de la journée.

Guenièvre comprit ce que son père lui demandait. Elle fit remplir de vin une belle coupe d'or ouvragé, la prit et se dirigea vers Arthur. Le jeune homme la vit s'avancer et rougit, si ému qu'il en oublia de boire et de manger.

Quand elle fut devant lui, elle s'agenouilla et lui tendit la coupe.

— Seigneur, buvez, je vous en prie. Et ne m'en veuillez pas si je ne vous appelle pas par votre nom, car j'ignore qui vous êtes. Je vois que vous vous montrez un peu distrait à table, mais heureusement, vous ne l'avez pas été sur le champ de bataille !

Le roi Arthur rougit encore, prit la coupe et but. Puis il releva la jeune fille en la remerciant.

Une fois le repas terminé et les nappes ôtées, Léodagan vint s'asseoir auprès du roi Ban, qui lui dit :

— Seigneur, je suis étonné de voir que vous n'avez pas encore marié votre fille à un haut seigneur. Elle est belle, sage et courtoise[2], et vous, vous n'avez pas d'enfant qui puisse gouverner votre terre après vous.

---

1. Au Moyen Âge, on dresse spécialement les *tables* pour les repas : ce sont de larges panneaux de bois que l'on pose sur des tréteaux dans la salle du château.

2. La *courtoisie* est l'ensemble des qualités morales et sociales

— Vous avez raison, seigneur, soupira Léodagan. Mais la guerre m'en a empêché jusqu'ici : depuis sept ans, le roi Claudas n'a cessé de faire diverses tentatives pour me déposséder de mon royaume. Cependant, si Dieu m'accordait de trouver un prudhomme[1] qui puisse défendre ma terre et mon lignage après moi, je lui accorderais ma fille.

Merlin était assis en face du roi Bohort. En entendant ces paroles, il sourit et fit à celui-ci un léger signe de tête. Puis on passa à un autre sujet. Merlin mit en garde le roi Léodagan : Claudas était fourbe et pouvait encore causer bien du mal au pays de Carmélide. Dans les jours suivants, il allait falloir s'assurer que le reste des armées vaincues avait bien déguerpi du royaume.

Les trois rois et leurs compagnons restèrent donc en Carmélide jusqu'à la Saint-Jean d'été[2]. Pendant ce temps, ils parcoururent le pays pour chasser les derniers groupes d'hommes d'armes et de pillards, et ils s'assurèrent que Claudas avait bien embarqué pour retourner en France avec les restes de son armée. Le roi Léodagan, de son côté, ne restait pas inactif : il faisait reconstruire les places fortes endommagées ou

que doit avoir celui qui vit à la *cour* : générosité, noblesse, mesure, politesse, respect des autres.

1. Mot formé de *preux* et de *homme*. Être *preux*, ce n'est pas seulement être vaillant, courageux, mais aussi sage, généreux et loyal, toutes les qualités prisées par la noblesse. Le *prudhomme* représente donc l'idéal de la société médiévale.

2. La *Saint-Jean*, fêtée le 24 juin, marque le début de l'été.

incendiées, les garnissait de munitions et de vivres, et les donnait à garder à de bons chevaliers.

Dans ces opérations, les trois rois gagnèrent l'estime de tous. La sagesse dont ils faisaient preuve était aussi grande que la bravoure déployée dans la grande bataille de Carohaise.

Un soir, le roi Léodagan les invita à venir dans sa chambre. Là, il les fit asseoir sur un lit de repos, puis s'adressa à eux :

— Chers seigneurs, vous m'avez conservé mon royaume et ma vie, et vous m'êtes infiniment chers. Plus que tout au monde, je désire une chose : savoir le nom de ceux à qui je dois tant.

Léodagan était si ému que les larmes lui étaient montées aux yeux. Ne sachant que répondre, les trois rois regardèrent Merlin. Celui-ci sourit et fit asseoir Léodagan à côté d'eux sur le lit. Puis il dit, en lui montrant Arthur :

— Seigneur, regardez ce jeune homme. Tout roi que vous êtes, sachez qu'il est encore d'un plus haut lignage que vous. Nous allons par le monde, en quête d'exploits et d'aventures. Peut-être trouvera-t-il une femme digne de lui.

— Ma fille, que vous avez vue, est belle, sage et courtoise, plus que nulle autre au monde, répondit Léodagan. Oserai-je vous la proposer ?

— Elle ne sera pas refusée, répondit Merlin.

Léodagan, à ces mots, fut rempli de joie. Il envoya aussitôt chercher Guenièvre dans sa chambre. Pendant ce temps, il fit venir tous les seigneurs et chevaliers présents dans le château. Quand ils furent rassemblés, il s'adressa à Arthur :

— Noble seigneur, dont j'ignore encore le nom, mais dont je connais la valeur, recevez ma fille pour épouse ! Recevez-la avec tout ce qu'elle possède maintenant, et possédera après ma mort. Je ne saurais la donner à un meilleur prudhomme.

Puis il plaça la main de Guenièvre dans celle d'Arthur, qui répondit d'une voix claire :

— Grand merci, seigneur !

L'évêque de Carohaise s'avança alors pour bénir les fiançailles. Quand ce fut fait, Merlin prit la parole :

— Seigneur roi, sachez que vous avez donné votre fille au roi Arthur de Bretagne, le fils d'Uter Pendragon. Et les deux prudhommes que vous voyez à ses côtés sont frères et rois couronnés : l'un est Ban de Bénoïc, et l'autre Bohort de Gaunes.

À ces mots, la joie fut à son comble dans l'assistance. Le roi serra Arthur contre son cœur, et tous les seigneurs vinrent lui rendre hommage. Quant à Arthur, il avait obtenu la main de la plus belle jeune fille qu'il eût jamais vue.

Deux jours après, le roi Léodagan demanda quand pourrait avoir lieu le mariage. Arthur aurait volontiers accepté qu'on le célébrât le lendemain, mais Merlin intervint :

— Seigneur, il nous faut auparavant accomplir une autre besogne. Les Saxons ont envahi la terre du roi Arthur, et les barons du pays de Logres ont bien du mal à leur tenir tête. Il est temps que le roi rentre dans son pays.

— C'est juste, convint Léodagan.

Arthur et ses compagnons se préparèrent donc à

prendre le chemin du royaume de Logres dès le lendemain. Au petit matin, Guenièvre vint aider son fiancé à revêtir ses armes. Contenant sa tristesse à l'idée de le voir partir, elle lui ceignit son épée et s'agenouilla pour lui chausser ses éperons.

Voyant son émotion et celle d'Arthur, Merlin dit en souriant au jeune homme :

— Eh bien, te voilà fait chevalier une nouvelle fois ! Une seule chose manque à la cérémonie.

— Laquelle ? demanda Arthur.

— Il est d'usage qu'un nouveau chevalier reçoive l'accolade de celui qui l'a adoubé. Mais quand il s'agit d'une dame, un baiser conviendrait mieux !

— Ma foi, dit Guenièvre en rougissant un peu, je ne me ferai pas prier.

Arthur prit alors la jeune fille dans ses bras, et ils s'étreignirent et s'embrassèrent comme il sied à deux jeunes gens qui s'aiment.

Le moment du départ était venu. Arthur jeta à Guenièvre un dernier regard, puis il plaça sur sa tête le heaume qu'elle lui avait offert. Tous montèrent à cheval, et la petite troupe s'ébranla. En tête venaient les chevaliers ; les écuyers suivaient, menant les sommiers[1] chargés des bagages et des pavillons repliés.

---

1. Le *cheval de somme* (ou *sommier*) est un robuste animal de bât, fait pour porter des charges diverses. C'est encore le cas de notre sommier (partie du lit qui porte la charge du corps).

17

La guerre contre les Saxons

Dès qu'ils furent sortis du royaume de Carmélide, Merlin quitta Arthur et ses compagnons : qu'ils poursuivent leur route vers le royaume de Logres, lui, il passerait la mer pour aller en Petite-Bretagne, afin de rallier les vassaux des rois Ban et Bohort.

Le roi Arthur chevauchait donc avec ses compagnons, armés de pied en cap car le pays était infesté de Saxons. Un soir, après toute une journée de route sous un soleil torride, ils s'arrêtèrent à l'ombre d'un bouquet d'arbres pour y installer leur campement. Ils virent venir à eux une troupe de jeunes gens, tous beaux et bien vêtus, qui mirent pied à terre quand ils les eurent rejoints.

Le plus âgé d'entre eux, qui semblait être leur chef, aborda un écuyer d'Arthur :

— Dieu te protège, mon ami ! Saurais-tu me dire si l'un des chevaliers ici présents est le roi Arthur ?

— Seigneur, c'est le plus jeune de ce groupe de prudhommes qui se tiennent sous le chêne.

Les jeunes gens se dirigèrent alors vers le roi et s'agenouillèrent devant lui.

— Seigneur, dit le plus âgé, avec mes frères, mes cousins et mes amis, je me présente à vous comme à mon seigneur lige. Nous voudrions recevoir de vous l'ordre de chevalerie, car nous n'avons pas encore été adoubés. Pourtant, pendant votre absence, nous avons défendu au prix de grandes peines votre terre contre les envahisseurs saxons. Notre seul désir est de vous servir loyalement.

Frappé par la sagesse de ces paroles, Arthur s'empressa de le faire relever, ainsi que ses compagnons.

— Mais qui êtes-vous ? lui demanda-t-il.

— Seigneur, j'ai pour nom Gauvain, et voici mes frères Gaheriet, Agravain et Guerrehet. Nous sommes les fils du roi Lot d'Orcanie. Vous voyez ici notre cousin Galessin, fils du roi Nantre de Garlot. Les autres ne sont pas moins vaillants, ni désireux de se battre pour vous. Ici se tient Yvain, le fils du roi Urien, et à côté de lui Dodinel qu'on appelle le Sauvage, car c'est un chasseur infatigable. Quant à celui-là, il est venu de loin pour se mettre à votre service : c'est Sagremor, le neveu de l'empereur de Constantinople. Tous les autres sont issus de nobles familles, fils de rois ou de comtes.

Le roi Arthur leur fit un accueil chaleureux et il embrassa Gauvain.

— Mon cher neveu, venez avec moi à Logres, et vous serez fait chevalier, avec tous vos compagnons.

En attendant, je vous octroie la charge de connétable[1] de ma maison[2].

Le lendemain, le groupe des jeunes gens se joignit donc à la troupe du roi Arthur. Ils firent route ensemble vers Logres, où ils arrivèrent cinq jours après. Le soir même, Arthur les envoya à l'église pour qu'ils passent en prières la nuit précédant leur adoubement, et les rois Ban et Bohort les accompagnèrent dans leur veillée.

Au matin suivant, après la messe, le roi Arthur adouba Gauvain. Après lui avoir donné la colée, il lui chaussa l'éperon droit[3], tandis que le roi Ban lui chaussait le gauche. Enfin, il pendit à son flanc gauche Marmiadoise, l'épée étincelante qu'il avait conquise sur le duc Frolle, en lui disant :

— Mon cher neveu, recevez cette épée conquise sur un adversaire redoutable. Je ne doute pas qu'avec vous elle soit bien employée.

Après cela, il adouba lui-même les treize autres jeunes gens et leur distribua des épées. Seul Sagremor préféra garder la sienne, l'épée de son aïeul qu'il avait apportée avec lui de Constantinople. Le roi Arthur fit ensuite donner un magnifique festin, mais il se

---

1. Charge importante de la maison d'un roi : le *connétable* est le commandant en chef des armées.

2. La *maison* d'un roi ou d'un seigneur est l'ensemble des personnes qui forment son entourage (à l'origine, ceux qui logent près de lui, dans sa maison).

3. Donner la *colée*, chausser l'*éperon*, ceindre l'*épée* : ce sont les gestes principaux du rituel de l'adoubement. La *colée* est un coup assez rude donné sur la nuque du nouveau chevalier (à l'origine, pour éprouver sa force, sa résistance).

refusa à organiser un tournoi, comme c'était l'usage lors d'un adoubement.

— Chers compagnons, leur dit-il, je refuse que quiconque prenne le risque d'être blessé aujourd'hui, car le royaume de Bretagne a besoin de vos bras pour le défendre. C'est contre les Saxons que vous aurez à montrer votre vaillance.

Les nouvelles qui parvenaient des marches[1] du royaume étaient terrifiantes. De Cornouailles, d'Orcanie, de Garlot et de Gorre[2] arrivaient des messagers porteurs des mêmes récits : les Saxons mécréants[3] ravageaient les campagnes et s'emparaient même des châteaux et des villes fortifiées. Ils mettaient le pays à feu et à sang, et le menu peuple ne savait où se réfugier pour échapper à leur fureur. Certains cherchaient des souterrains où se cacher, d'autres fuyaient dans les forêts profondes.

Les barons qui gouvernaient ces contrées avaient dû céder du terrain, ne pouvant résister aux premières attaques des Saxons, car leurs forces étaient dispersées. C'étaient le roi Lot d'Orcanie, le roi Nantre de Garlot et le roi Urien de Gorre : de puissants seigneurs qui n'avaient guère apprécié qu'Arthur soit

---

1. Les *marches* sont les provinces situées aux frontières du royaume, les premières menacées par les envahisseurs.

2. Les royaumes de *Gorre* et de *Garlot* sont purement légendaires. La *Cornouailles* est une province située à l'extrémité sud-ouest de la Grande-Bretagne. Le nom d'*Orcanie* vient sans doute des îles Orcades, au nord de l'Écosse.

3. Les *Saxons* ont été les derniers peuples de cette région à se convertir au christianisme.

couronné roi de Bretagne. Ils avaient bien été obligés de le reconnaître comme suzerain, mais ils méprisaient sa jeunesse et son inexpérience, et avaient préféré se retirer sur leurs terres. Mais maintenant, dans ce péril extrême, ils comprenaient qu'il fallait unir leurs efforts pour repousser ensemble les Saxons. Dans les places fortes qui leur restaient, ils avaient laissé le strict nécessaire en hommes, vivres et munitions, puis ils avaient rassemblé le reste de leurs troupes pour converger vers le centre du royaume.

À leur arrivée à Logres, quelle ne fut pas la surprise de ces puissants barons, quand ils virent que leurs propres fils étaient venus se mettre d'eux-mêmes et avant eux au service du roi ! Ils allèrent trouver Arthur pour l'assurer de leur fidélité, et le roi leur fit bon accueil. On n'attendait plus, à Logres, que les vassaux des rois de Bénoïc et de Gaunes. Ils arrivèrent quelques jours plus tard, en compagnie de Merlin, avec encore d'autres princes de Petite-Bretagne.

Toutes ces troupes étaient rassemblées dans la plaine de Logres. Ils arboraient une bannière blanche à croix rouge, pour bien signifier qu'ils étaient des chevaliers chrétiens unis contre les Saxons mécréants. Seule la bannière d'Arthur, entre les mains du sénéchal Keu, était quelque peu différente. Sous la croix, on pouvait voir le dragon jetant des flammes : les armoiries de son père Uter Pendragon, portées par Merlin à la bataille de Carohaise. Faisant flotter au vent ses gonfanons, la grande armée se mit en route vers la cité de Clarence, qui était assiégée par les Saxons. Elle avançait, lances dressées, comme une forêt en marche dont les feuilles auraient été les pointes d'acier étincelantes.

L'heure de none approchait, et l'on était seulement

à quelques lieues de Clarence. Merlin conseilla à Arthur d'arrêter là son armée.

— Fais-leur installer ici leur campement. Tes hommes doivent se reposer et prendre des forces, car la bataille sera rude demain. Et rassemble aussi tes barons, car j'ai à leur parler.

— Seigneurs, leur dit Merlin lorsqu'ils furent réunis autour du roi, c'est demain que va se jouer le sort du royaume de Logres. Vous avez accepté à contrecœur le roi que le Ciel vous désignait, mais l'heure n'est plus aux arrière-pensées ou aux ambitions déçues. Si vous ne vous unissez pas derrière votre légitime suzerain, la terre de Bretagne sera détruite. Êtes-vous prêts à le servir loyalement ?

La leçon de Merlin était rude, mais les barons la comprirent. L'un après l'autre, ils vinrent s'incliner devant le roi et lui renouvelèrent leur hommage.

Le jour se leva sur la grande plaine de Clarence. Les oiseaux dans les arbres commençaient à peine à faire entendre leur chant que l'armée s'ébranlait déjà. L'or et l'argent des heaumes étincelaient sous le soleil matinal, et les enseignes de soie flottaient dans la brise légère. Face à eux, les troupes des Saxons, deux fois plus nombreuses, étaient prêtes au combat. Monté sur un grand cheval de chasse, Merlin était à côté d'Arthur, en tête de l'armée. Il s'écria d'une voix forte :

— Seigneurs chevaliers, c'est le moment de montrer votre vaillance ! Allez, et que Dieu soit avec vous !

Aussitôt barons et chevaliers s'élancèrent à bride abattue, éperonnant leurs destriers, et la bataille commença. Les lances volaient en éclats contre les écus, les épées flamboyaient dans le soleil avant de s'abattre sur les heaumes. Le fracas des armes se mêlait aux cris des blessés et aux hennissements des chevaux. L'air fut bientôt rouge de la poussière soulevée et le soleil s'obscurcit autour des combattants.

Montés en haut des murailles de la ville, les bourgeois de Clarence reprenaient espoir en voyant les enseignes blanches à croix vermeille. Le Seigneur avait entendu leurs prières et leur envoyait du secours. Aux chevaliers défenseurs de la cité se joignirent tous ceux qui pouvaient porter des armes, et ils sortirent pour prendre les Saxons à revers.

Arthur, ses rois et ses barons faisaient merveille dans la bataille. Parmi eux, Gauvain excella. C'est là qu'il tua le roi Ysore, s'emparant de son cheval incomparable, le Gringalet[1], qui ne devait plus jamais le quitter. À l'heure de midi, sa force augmenta de manière prodigieuse[2]. Brandissant son épée Marmiadoise, qui jetait des éclairs fulgurants, il fit un carnage des Saxons.

La bataille fit rage toute la journée. Les Saxons étaient plus nombreux et mieux armés. Mais devant l'ardeur et le courage des chevaliers bretons, ils finirent par abandonner le terrain. Leurs rois étaient morts, à l'exception du roi Rion. Ralliant ce qu'il lui restait de ses troupes, celui-ci prit la fuite, poursuivi par les gens du roi Arthur, vers la mer qui était assez proche. Avant qu'ils ne parviennent à embarquer sur

---

1. Le nom du cheval de Gauvain, *Gringalet*, vient du gallois *gwyn-galet* : « blanc-hardi ». Rien à voir avec le *gringalet* du français moderne : « homme faible et chétif ».

2. C'est une particularité légendaire de Gauvain, présente dans beaucoup de romans : sa force augmente considérablement vers midi. Ce trait souligne l'origine solaire du héros.

leurs navires, ils furent tués ou noyés, pour la moitié d'entre eux. Ils hissèrent les voiles, levèrent l'ancre et quittèrent la Bretagne.

Arthur, après sa victoire sur les Saxons, partagea le riche butin qu'ils avaient laissé derrière eux. Or, argent et pierres précieuses, armes et riches vêtements, bons destriers, tout fut distribué à ses barons et à ses chevaliers. Il fit Galessin duc de Clarence, afin qu'il renforce cette cité, et veille sur elle à l'avenir. Après cinq jours de fête, ses barons et les princes étrangers venus l'assister repartirent dans leurs terres.

Avec Arthur restèrent le roi Ban et le roi Bohort. Il le leur avait instamment demandé, car il souhaitait retourner avec eux en Carmélide. Après cinq jours de chevauchée, entrant dans ce pays, ils virent s'avancer à leur rencontre le roi Léodagan avec sa suite, qui venait les accueillir.

Deux jours après, les quatre rois faisaient leur entrée dans la ville de Carohaise. Les rues étaient tendues de riches étoffes et de tapis, le sol jonché d'herbe fraîche. La foule en liesse se pressait pour voir passer leur cortège. Ils entrèrent dans la grande salle du palais, où Guenièvre les attendait. Impatiente d'accueillir son fiancé, elle s'élança vers Arthur, et là, devant tous, elle lui jeta les bras autour du cou en l'embrassant sur la bouche.

— Soyez le bienvenu, seigneur ! s'écria-t-elle. Le Ciel a écouté mes prières et vous a protégé.

Après cela, tout le monde s'installa pour souper, et il fut décidé que le mariage serait célébré la semaine suivante.

Au jour fixé, barons et vassaux du roi étaient venus

de la Carmélide entière pour assister aux noces. Toute la cour était réunie dans la grande salle, décorée de tentures de soie et jonchée de fleurs odorantes. Le soleil entrait par les verrières, illuminant la pièce, quand Guenièvre s'avança, escortée par le roi Ban et le roi Bohort. Sa tête était découverte, ses cheveux blonds retenus par un cercle d'or pur orné de pierres précieuses. Elle était vêtue d'une splendide robe de brocart[1] d'or, dont la traîne faisait bien une demi-toise[2] de long.

Le cortège se forma alors : les deux fiancés, les rois et leurs suites, suivis des barons et des nobles dames de Carmélide, tous se rendirent à l'église où l'archevêque chanta la messe. Le mariage fut béni par le chapelain Amustan, après quoi on revint au palais où un magnifique repas était préparé.

Ce fut un festin digne des noces d'un roi. Entre les services de plats, jongleurs et ménestrels[3] venaient divertir l'assistance et charmer les oreilles de leurs chants, en s'accompagnant de vièles, de chalumeaux[4] et de tambourins. Après le repas, un tournoi avait été organisé, et les chevaliers purent aller dans la prairie

---

1. Étoffe luxueuse tissée avec des fils d'or ou d'argent.
2. Mesure de longueur. La *toise* mesure environ 2 m.
3. Lors des fêtes, *jongleurs* et *ménestrels* fournissent toutes sortes de divertissements : ils chantent, récitent, dansent, font des tours et montrent des animaux. Le *jongleur* se déplace de château en château, tandis que le *ménestrel* est attaché à la maison d'un seigneur.
4. La *vièle* est l'ancêtre du violon, car on frotte ses cordes avec un archet. Les *chalumeaux* sont de petites flûtes en roseau.

et rivaliser de hardiesse et d'habileté. La journée se passa en réjouissances de toutes sortes.

Quand le soir arriva, Guenièvre fut conduite à sa chambre par trois nobles demoiselles qui la dévêtirent et la mirent au lit. Puis l'archevêque s'avança, accompagné des seigneurs de la cour, pour bénir la couche des époux[1]. Enfin tout le monde quitta la pièce et les époux furent laissés seuls.

Durant une semaine, Arthur resta avec les siens à Carohaise, où le roi Léodagan faisait de son mieux pour leur rendre le séjour agréable. Le huitième jour, les rois Ban et Bohort vinrent prendre congé de lui : il était temps pour eux de retourner en Petite-Bretagne. Après les avoir remerciés mille fois pour leur aide précieuse, Léodagan les laissa partir.

Le roi Arthur fit aussi faire ses préparatifs de départ pour retourner en Bretagne. Guenièvre devait encore être couronnée et sacrée reine dans la cathédrale Saint-Étienne de Londres. Dès le lendemain, il prit donc la route avec elle et sa suite.

Cependant, dès leur arrivée dans le royaume de Logres, Merlin s'en vint trouver Arthur pour prendre congé de lui. Le roi ne fut pas surpris, car il savait que le devin aimait à se retirer dans les forêts du Northumberland, où il dictait à Maître Blaise le récit de sa vie. Mais cette fois-là, le but du voyage de Merlin n'était pas le Northumberland, mais la Petite-Bretagne.

---

1. Coutume très ancienne : le soir des noces, le prêtre bénit le lit des époux pour que Dieu leur donne de nombreux enfants.

18

Merlin et Viviane

Lorsque Merlin était allé en Petite-Bretagne afin de chercher des renforts pour la lutte contre les Saxons, il avait fait une rencontre. Un jour qu'il traversait la forêt de Briosque, il avait aperçu, auprès d'une source claire, une toute jeune fille d'une grande beauté. Il l'avait admirée en silence, regrettant que la mission dont il était chargé l'empêche de s'attarder auprès d'elle. Mais son image était restée gravée dans son esprit et dans son cœur.

Cette jeune fille se nommait Viviane, et c'était la fille d'un vavasseur de très noble origine appelé Dyonas. Celui-ci était le filleul d'une fée de la forêt, qui lui avait accordé un don :

— Le premier enfant qui te naîtra sera une fille, lui avait-elle prédit. Elle sera aimée de l'homme le plus sage de la Terre, venu de la verte Bretagne, qui lui enseignera son art et ses pouvoirs magiques. Elle l'enchaînera si bien qu'il sera entièrement soumis à sa volonté.

C'était cette Viviane que Merlin revenait voir dans la forêt de Briosque. Pour la rencontrer, il prit les traits d'un beau jeune homme. La jeune fille se tenait auprès de la fontaine, dont l'eau limpide courait sur le gravier, aussi brillant que l'argent. Il s'approcha d'elle et la salua très courtoisement.

— Que Dieu vous protège, et vous donne ce que vous cherchez, lui répondit-elle gracieusement.

Merlin s'assit au bord de la source.

— Et qui êtes-vous, demoiselle ? lui demanda-t-il.

— Une jeune fille native de cette contrée. Mon nom est Viviane, et mon père Dyonas habite dans un manoir tout proche. Et vous-même, qui êtes-vous, seigneur ?

— Je suis un serviteur à la recherche de son maître. J'ai déjà beaucoup appris de son métier.

— Et quel métier ?

— Il m'a enseigné à faire surgir du sol un château garni d'une foule de gens prêts à le défendre. Ou bien à marcher sur un étang sans même me mouiller les pieds. Ou bien encore à détourner le cours d'une rivière.

— Voilà un beau métier. Comme j'aimerais pouvoir me livrer à de tels jeux !

— J'en connais de plus beaux encore, bien capables de divertir les plus grands seigneurs.

— Si vous acceptiez de me les apprendre, je m'engagerais à être votre amie pour toujours, en tout bien tout honneur.

— Ah ! demoiselle, vous semblez si bonne et si

douce que je vous enseignerai volontiers une partie de mes jeux, mais à condition que j'aie votre amour. Je n'en demande pas plus.

Elle le lui accorda, et Merlin reçut sans méfiance sa promesse. S'éloignant de quelques pas, il prit une baguette avec laquelle il dessina un cercle au milieu de la lande. Puis il revint s'asseoir près de la fontaine. Et voici que sortirent en foule de la forêt des dames, des chevaliers, des demoiselles et des écuyers. Ils se prirent par la main et s'approchèrent en chantant une chanson à la fois gaie et douce, au son des chalumeaux et des tambourins. Ils vinrent se placer autour du cercle que Merlin avait tracé, puis, pénétrant dans le cercle, ils commencèrent des danses et des rondes d'une grâce et d'une gaîté sans pareilles. Non loin de là surgit alors un magnifique château, avec à son pied un verger où poussaient fleurs et fruits aux parfums délicieux. Viviane regardait de tous ses yeux ce merveilleux spectacle, tellement ravie qu'elle ne pouvait prononcer un mot. Une seule chose la troublait : c'était de ne pas comprendre leur chanson. Elle ne saisissait que le refrain :

Amours commencent à grande joie
Et tournent à douleur.

La fête dura de none à vêpres. Quand elles en eurent assez de danser, les dames vinrent s'asseoir sur l'herbe verte du verger, tandis que chevaliers et écuyers s'amusaient à jouter.

— Qu'en dites-vous, demoiselle ? demanda Merlin à Viviane. Me tiendrez-vous votre promesse ?

— Volontiers, mon très cher ami. Mais vous ne m'avez encore rien enseigné.

— Je vous apprendrai certains de mes sortilèges, et vous pourrez les mettre par écrit.

— Qui vous a dit que je savais écrire ?

— Mon maître m'a appris beaucoup de choses : je sais tout ce qui se passe sur la Terre.

— Quel art merveilleux et combien utile ! J'aimerais le posséder. Et connaissez-vous aussi l'avenir ?

— En grande partie, mon amie.

Pendant qu'ils conversaient ainsi, dames, chevaliers et demoiselles s'éloignaient en chantant vers la forêt. Arrivés à l'orée du bois, ils s'évanouirent soudainement. Quant au château, il disparut aussi. Seul demeura le verger, à la prière de Viviane, et il fut appelé Séjour de Joie et de Liesse.

Quand Merlin voulut prendre congé, Viviane se récria :

— Comment, très cher ami, n'allez-vous pas m'enseigner un de vos sortilèges ?

— Ne soyez pas si pressée, demoiselle. Il faut temps et loisir pour les apprendre. De votre côté, vous ne m'avez donné aucune preuve de votre amour.

— Quelle preuve voulez-vous ? Vous l'aurez, sans nul doute.

— Je veux la promesse que vous vous donnerez à moi.

Elle réfléchit un peu.

— Seigneur, vous aurez ce que vous voulez, mais après que vous m'aurez enseigné tout ce que je vous demanderai.

Merlin accepta cette promesse, et il lui apprit alors un sortilège qu'elle mit aussitôt en pratique : faire couler une large rivière à l'endroit où elle le désirait.

Les jours suivants, il lui enseigna toutes sortes d'enchantements. Elle les notait sur un parchemin, sous sa dictée. Puis elle s'exerçait à les exécuter. Elle devint rapidement très habile.

Il s'absenta quelque temps mais revint à la Saint-Jean, comme il l'avait promis. Elle en fut très heureuse et l'emmena en secret dans ses appartements. Elle ne cessait de lui poser des questions et il lui apprit beaucoup de son art, car il l'aimait passionnément, au-delà de tout bon sens.

— Mon ami très cher, il est un sortilège que je désirerais bien connaître. Apprenez-moi à endormir un homme en sorte qu'il ne s'éveille que lorsque je le voudrai.

— Et pourquoi voulez-vous avoir cette science ?

— Ainsi, chaque fois que je voudrais vous rencontrer, je pourrais endormir mon père Dyonas et ma mère. Ils me tueraient, s'ils venaient à connaître notre liaison !

Mais Merlin connaissait bien le fond de sa pensée, et il ne répondit pas.

Pendant sept jours, elle ne cessa de le tourmenter pour qu'il accède à sa demande. Un après-midi qu'ils étaient tous deux dans le verger, elle s'assit dans l'herbe et le fit s'allonger près d'elle, la tête sur ses genoux. Quand elle le vit tout éperdu d'amour, elle le pria doucement :

— N'allez-vous pas au moins m'apprendre comment endormir une dame ?

Il soupira, car il devinait ses intentions, mais il céda. Il lui enseigna bien d'autres choses encore : il lui apprit trois mots qu'elle nota par écrit. Si une femme les portait sur elle, il était impossible à aucun homme de la posséder. Ainsi elle était certaine de pouvoir se protéger de lui si elle le souhaitait. Merlin voyait bien qu'elle était rusée comme le diable, mais il ne pouvait s'empêcher de lui céder.

Il la quitta cependant quelque temps, pour aller retrouver Maître Blaise, dans le Northumberland. Quand il revint à la Toussaint, elle l'attendait avec impatience, parce qu'elle était encore loin de savoir tous les secrets de son art.

Elle lui fit bel accueil et l'emmena en cachette dans sa chambre. Là, ils mangèrent, burent et se reposèrent sur le même lit. Mais elle était déjà assez savante pour jeter un charme sur un oreiller qu'elle plaçait sous sa tête : il s'endormait et, au réveil, il croyait l'avoir possédée alors que ce n'était qu'un songe.

Elle ne cessait de l'interroger sur son art, et il lui révéla beaucoup de ses secrets. Il avait conscience de faire une folie, mais il était incapable de lui résister.

— Dame, lui dit-il un jour, vous plairait-il de connaître le lac de Diane ?

— Certainement, répondit-elle. Mais où se trouve-t-il, et pourquoi porte-t-il ce nom ?

Pour toute réponse, il la conduisit dans la forêt de Brocéliande et la mena au bord d'un très beau lac. Sa surface miroitait au soleil, et un vent léger faisait onduler les roseaux de la rive.

— Du temps où ce pays n'était pas encore chrétien, lui expliqua-t-il, vivait ici une déesse qui s'appelait

Diane. Elle aimait la vie dans les bois et chassait dans toutes les forêts de Gaule et de Bretagne. Mais elle appréciait par-dessus tout ce lac, et elle s'y fit construire une demeure magnifique. Elle y retrouvait son amant Faunus[1], et ils passaient la journée ensemble à forcer les cerfs et les daims. À sa mort, elle lui fit ériger un tombeau de marbre rose.

— Et ce manoir de Diane, est-il encore debout ?

— Non, il est depuis longtemps tombé en ruine.

— Ah ! mon ami, comme j'aimerais vivre ici au sein des forêts que j'aime tant ! Faites-moi construire, je vous en prie, une demeure aussi belle et riche que celle de Diane jadis, et j'y passerai le reste de ma vie.

Merlin ne demandait pas mieux que d'exaucer ses vœux. Il fit venir de tout le pays maçons et charpentiers qui édifièrent le palais le plus splendide qu'on eût jamais vu. Appartements et pièces de réception furent décorés de manière plus somptueuse qu'aucune demeure royale en Petite-Bretagne. Ce château dépassait en beauté tous les rêves de Viviane.

Merlin la mit en garde :

— Dame, puisque votre désir est de vivre en ces lieux, voici ce que je vous conseille. Faites venir auprès de vous chevaliers, dames et demoiselles de votre connaissance, car vous ne pouvez demeurer seule au fond de cette forêt. Je vous donnerai or et argent en suffisance, plus que vous ne saurez en dépenser durant toute votre vie.

Viviane ne pouvait imaginer plus agréable manière

---

1. Dans la mythologie romaine, *Diane* est la déesse de la chasse. *Faunus* tire son nom des faunes, divinités des forêts.

de vivre. Mais Merlin voulait réaliser une œuvre parfaite.

— Voilà, dit-il à Viviane, ce que je ferai pour que cette demeure réponde à tous vos besoins : je vais la rendre invisible à tous ceux qui ne seront pas ses habitants.

Il pratiqua alors ses enchantements et aussitôt palais et maisons disparurent à leurs regards. De l'extérieur, on ne distinguait plus que la surface du lac.

— Votre demeure n'est-elle pas bien cachée ainsi ? Personne ne pourra la voir, s'il ne fait partie de vos amis ou de vos gens. Et si par hasard l'un d'eux, par envie ou traîtrise, voulait en révéler le secret à un étranger, le château disparaîtrait pour lui, et il ne resterait plus que l'eau, où il se noierait.

— Par Dieu, s'exclama Viviane, je n'ai jamais entendu parler d'une protection aussi ingénieuse !

Merlin était tellement ravi de la voir heureuse, qu'il ne put se retenir de lui enseigner encore d'autres enchantements. Il savait bien qu'elle souhaitait le retenir auprès d'elle, mais il avait encore une dernière mission à accomplir auprès du roi Arthur. Il lui demanda donc son congé pour retourner en Bretagne.

19

La Table Ronde

Cette année-là le roi Arthur avait décidé de tenir une cour plénière à Carduel pour le jour de Noël. Deux ans s'étaient écoulés depuis qu'il avait été reconnu roi de Bretagne. Le royaume était en paix, maintenant que la menace des Saxons avait été repoussée. Le roi avait à ses côtés une épouse louée et respectée de tous, qui avait été solennellement couronnée dans la cathédrale de Londres.

La veille de Noël, Merlin s'en vint trouver le roi.

— Arthur, lui dit-il, ton royaume est en paix et tes barons sont rentrés dans le rang. J'ai maintenant un projet à te soumettre, mais seulement si tu m'accordes pleine et entière confiance.

— Merlin, s'écria Arthur, personne ne mérite autant que toi confiance et amitié ! Je ferai tout ce que tu voudras, si cela m'est possible.

— Si tu le fais, non seulement tu n'y perdras rien, mais ton nom en sera grandi pour les siècles à venir.

— Parle, je t'en prie.

— Arthur, tu as déjà pu t'en apercevoir, je connais le passé. Ce don me vient de ma nature diabolique, mais le Seigneur a bien voulu y joindre la connaissance de l'avenir : voilà l'origine de ma science. Je vais te raconter l'histoire des tables.

« Le jour où Notre-Seigneur Jésus fut livré pour être mis à mort, il prit avec ses douze apôtres son dernier repas, la Cène. Parmi les douze, un devait le trahir : c'était Judas. La première table fut donc la table de la Cène.

« Après la mort de Jésus, il y eut un homme, un chevalier nommé Joseph d'Arimathie, qui demanda le corps de Jésus pour l'enterrer dans son propre tombeau[1]. Lorsqu'il le détacha de la croix, il recueillit le sang qui coulait de ses blessures dans un vase, le vase qui avait servi à Jésus pour célébrer la Cène. Joseph dut ensuite fuir la Terre Sainte avec sa famille et ses amis. Emportant le saint vase, il s'embarqua pour un long voyage qui le conduisit en Bretagne, où il s'établit avec ses compagnons. Là, Jésus lui apparut et lui ordonna de construire une table, réplique exacte de celle de la Cène, et d'y déposer le vase. Aujourd'hui encore, celui qui a le privilège de s'asseoir à cette table voit tous ses désirs comblés par le saint vase, qu'on appelle le Graal. Mais il y a à cette table une place

---

1. *Joseph d'Arimathie* est effectivement mentionné pour cette action dans l'Évangile de saint Matthieu. Tout le reste de l'histoire du Graal est légendaire.

vide, en mémoire de la trahison de Judas. Ce fut la deuxième table, la table du Graal.

« Et maintenant, Arthur, si tu veux m'en croire, tu établiras une troisième table, que je t'aiderai à construire. Par elle se réaliseront, de ton vivant, d'incroyables prodiges, et la gloire de ton nom rayonnera dans le monde entier. Cette table sera ronde, pour bien signifier qu'il n'y aura aucune préséance entre ceux qui s'y assiéront[1]. À la droite du siège du roi se trouvera une place vide : un siège périlleux où nul ne pourra s'asseoir, sous peine d'être englouti dans un abîme. Seul en sera digne le meilleur chevalier du monde, le chevalier pur qui parviendra au Saint-Graal.

— Je te fais confiance, Merlin, et je t'obéirai en tout. Où veux-tu que cette table soit établie ?

— Ici même, à Carduel, au pays de Galles.

Le jour de Noël, barons et simples chevaliers étaient rassemblés à Carduel. Chacun était accompagné de son épouse ou de son amie, et ces dames étaient venues parées de leurs plus riches robes. Pour la première fois, la reine Guenièvre porta couronne avec le roi. Quand les cloches sonnèrent, ils se rendirent en cortège à la cathédrale pour entendre une messe solennelle, qui fut chantée par l'archevêque. De retour au palais, les tables furent installées et recouvertes de nappes blanches, et l'on servit un festin

1. Les longues tables du Moyen Âge ont des places plus ou moins honorifiques. Une table ronde met tout le monde à égalité. La *préséance* est à l'origine le droit de s'asseoir avant les autres, parce que l'on est d'un rang supérieur.

magnifique. Il y avait là tous les nouveaux chevaliers qui avaient si vaillamment défendu le royaume contre les Saxons : Gauvain et ses trois frères, Galessin, le nouveau duc de Clarence, Yvain, fils du roi Urien, Dodinel le Sauvage, Sagremor et bien d'autres encore. Avec eux aussi, ceux qui servaient Arthur depuis le début, Keu le sénéchal, Lucan le Bouteiller[1] et Girflet, fils de Do.

Quand les tables furent ôtées, Merlin se leva et, après en avoir demandé la permission au roi, il s'adressa à tous ceux qui étaient présents dans la salle :

— Seigneurs, écoutez bien mes paroles, car elles auront de grandes conséquences sur l'avenir. Vous avez entendu parler du Saint-Graal, ce vase sacré où Joseph d'Arimathie recueillit le sang de Notre-Seigneur Jésus. Il fut transporté jadis en Bretagne, et pour lui fut établie la table du Graal. Un jour, vous partirez en quête du Saint-Graal, mais seul le meilleur chevalier du monde, qui n'est pas encore né, le trouvera.

« Voici ce qui est demandé en ce jour à votre souverain, le roi Arthur : qu'il fonde une table, à l'image de la table du Graal. Cette table sera ronde, car tous les valeureux chevaliers qui y prendront place seront de même rang. À la droite du roi se trouvera un siège qui devra demeurer vide. Tous ceux qui tenteraient de s'y asseoir connaîtraient un sort terrible, hormis le chevalier élu de Dieu, celui qui doit parvenir au Saint-Graal.

---

1. Charge honorifique dans la maison d'un roi. Le *bouteiller* est à l'origine chargé des boissons.

Merlin se tourna alors vers Arthur :

— Es-tu prêt à fonder cette table ?

— Oui, je le veux, dit Arthur d'une voix grave.

À peine ces mots avaient-ils été prononcés que parut au centre de la salle une table ronde entourée de cinquante sièges de bois. Sur chaque dossier était écrit en lettres d'or : *ICI DOIT S'ASSEOIR TEL CHEVALIER.* À la droite de la place du roi, le siège portait l'inscription :

QUE NUL N'OSE S'ASSEOIR SUR CE SIÈGE
S'IL N'EST LE MEILLEUR CHEVALIER DU MONDE.

— Voyez, seigneurs, dit Merlin, les noms de ceux que Dieu a choisis pour siéger à la Table Ronde, et pour partir un jour en quête du Saint-Graal.

Alors le roi et les chevaliers dont les noms étaient inscrits sur les sièges vinrent s'asseoir. Parmi eux se trouvaient Gauvain et ses jeunes compagnons de la guerre contre les Saxons. Ceux qui avaient suivi Arthur et Merlin en Carmélide y figuraient aussi.

— Seigneurs, leur dit Merlin, si vous entendez parler d'un excellent chevalier, faites-le venir à cette table, mais prenez garde que son cœur soit noble et droit, car sans ces qualités, hardiesse ne vaut rien. Ne craignez pas d'accroître votre nombre, car il est écrit que les compagnons de la Table Ronde seront cent cinquante quand commencera la quête du Saint-Graal.

Ils s'assirent et se sentirent aussitôt remplis de douceur et d'amitié les uns pour les autres. Après avoir consulté ses compagnons, Gauvain prit la parole :

— Seigneurs, voici le vœu que je prononce : jamais

une dame ou une demoiselle ne viendra en cette cour pour y chercher du secours sans qu'elle le reçoive. Jamais un homme ne demandera notre aide contre une injustice sans l'obtenir. Et si l'un d'entre nous disparaissait au cours d'une aventure, ses compagnons se mettraient à sa recherche, et cela durant un an et un jour. Voulez-vous prononcer ce vœu avec moi ?

Le roi fit apporter les reliques et tous les compagnons prêtèrent solennellement ce serment. Il prit ensuite la parole :

— Je fais le vœu suivant : chaque fois que je porterai couronne, je ne m'assiérai pas pour manger avant qu'une aventure ne soit arrivée.

Tous l'approuvèrent et la reine intervint :

— Seigneurs, si le roi y consent, je voudrais que quatre clercs soient toujours présents en ce lieu. Ils seront chargés de mettre par écrit toutes les belles aventures qui vous seront arrivées. Ainsi les prouesses accomplies resteront en mémoire pour les siècles.

Les seigneurs et les dames présents dans la salle étaient ravis d'entendre ces vœux et ces promesses. Ils sentaient bien que de tels compagnons apporteraient renommée et honneur à tout le royaume de Bretagne.

20

Brocéliande

Les premiers jours du printemps arrivèrent. La mer plus clémente permettait aux bateaux de cingler vers la Petite-Bretagne, et Merlin aspirait à rejoindre Viviane. Il savait cependant qu'il ne reverrait plus Arthur et la Bretagne, et cette pensée le remplissait de tristesse. Il alla donc trouver le roi et la reine pour leur faire ses adieux.

— Il est temps pour moi de vous quitter, leur dit-il.

Tous deux aimaient tendrement Merlin.

— Mais vous reviendrez bientôt ? demanda vivement la reine.

Le roi intervint à son tour :

— Merlin, mon ami, je ne peux ni ne veux te retenir contre ta volonté, mais je serai malheureux jusqu'à ton retour. Par Dieu, hâte-toi de revenir !

Merlin leur répondit, les larmes aux yeux :

— Sachez que je suis ici pour la dernière fois. Il ne me reste plus qu'à vous recommander à Dieu.

Le roi fut déconcerté en entendant ces mots : « pour la dernière fois ». Mais il crut avoir mal compris et le laissa partir.

Merlin quitta Carduel sans ajouter un mot, le cœur plein de tristesse. Il alla rejoindre Maître Blaise dans les vertes forêts du Northumberland qu'il aimait tant. Il resta huit jours auprès de lui pour lui raconter les événements, et il lui dicta avec soin tout ce qui concernait la Table Ronde. Quand il eut fini, il lui dit :

— C'est la dernière fois que je te vois, Blaise. Dorénavant, je demeurerai auprès de mon amie, et il me sera impossible d'aller et venir à mon gré.

— Mais s'il doit en être ainsi, pourquoi y retourner ? s'exclama-t-il, consterné.

— Je ne puis me séparer d'elle, et j'ai donné ma parole. Tout le savoir qu'elle possède, c'est moi qui le lui ai enseigné, et elle deviendra encore plus savante, puisque je resterai auprès d'elle.

Ayant quitté Blaise, Merlin revint sans tarder auprès de Viviane. Ils étaient heureux de se retrouver, et coulèrent des jours agréables au domaine du Lac. Mais elle ne cessait de l'assiéger de questions, et lui était assez fou pour lui livrer tout son savoir. Elle le mit par écrit et devint très experte en enchantements de toutes sortes.

Quand sa curiosité fut satisfaite, elle se demanda par quel moyen elle pourrait se rendre à tout jamais maîtresse de lui. Le seul homme à connaître ce moyen était Merlin lui-même, et elle comptait bien le convaincre, à force de cajoleries, de lui livrer ce secret.

— Seigneur, il est encore une chose que j'ignore, et pourtant, je brûle de la savoir : comment serait-il possible d'enfermer quelqu'un par le seul pouvoir d'un enchantement, mais sans user de chaînes ni de murs ?

À ces mots, Merlin se contenta de soupirer profondément.

— Pourquoi ce soupir ? lui demanda-t-elle.

— Dame, lui répondit-il en secouant la tête, je devine vos pensées. C'est moi que vous voulez emprisonner. Et si je soupire, c'est parce que je finirai par vous céder, tellement je suis sous l'empire de mon amour pour vous.

La jeune fille lui mit les bras autour du cou.

— Mais ne devez-vous pas être à moi, puisque moi, je suis à vous ? lui dit-elle tendrement. L'amour que j'ai pour vous m'a fait abandonner père et mère. Vous êtes toute ma joie et mon bonheur. Puisque nous nous aimons, n'est-il pas juste que vous fassiez mes volontés comme je fais les vôtres ?

— Oui, assurément. Dites-moi ce que vous voulez.

— Je veux créer un bel endroit, que vous m'apprendriez à clore par un sortilège si fort que nul ne pourrait le rompre. Un bel endroit où nous vivrions tous les deux à notre goût, dans les plaisirs de l'amour.

— Je le ferais volontiers.

— Je veux le faire moi-même. Apprenez-moi seulement.

— Qu'il en soit ainsi.

Merlin donna ses explications, et Viviane, ravie, nota tout ce qu'il disait. Ils continuèrent à vivre ainsi pendant un certain temps.

Mais un jour qu'ils se promenaient en devisant dans la forêt de Brocéliande, la main dans la main, elle lui proposa de faire une halte. Ils s'assirent à l'ombre d'un buisson d'aubépine tout chargé de fleurs, et là, Merlin posa la tête sur les genoux de Viviane. La jeune fille se mit à le caresser doucement, et il finit par s'endormir. Quand il fut en plein sommeil, elle se leva et fit avec sa guimpe[1] un cercle, tout autour de Merlin et du buisson. Puis elle revint s'asseoir auprès de lui et reprit sa tête sur ses genoux. Quand Merlin s'éveilla, il regarda autour de lui : il avait l'impression d'être enserré dans une tour fermée, mais pourtant il voyait à travers ses murs la forêt et le ciel.

— Dame, s'écria-t-il, vous m'avez trahi si vous ne restez pas avec moi, puisque vous seule avez le pouvoir de rompre cette prison.

— Ami très cher, je viendrai souvent vous rejoindre, et nous pourrons goûter ensemble les plaisirs de l'amour.

Et Viviane tint effectivement sa promesse. Merlin resta emprisonné dans cette prison d'air plus solide que nulle tour. Quant à Viviane, elle entrait et sortait comme elle voulait.

Trois mois s'étaient écoulés à la cour d'Arthur depuis le départ de Merlin. Le roi se ressouvint des mots que le devin avait prononcés en s'en allant : « pour la dernière fois ». Il s'assit et resta un long moment plongé dans de sombres pensées. Gauvain,

---

1. La *guimpe* est un voile léger que les femmes portent sur la tête à l'extérieur.

le voyant pensif et abattu, lui demanda ce qui l'affligeait ainsi.

— Cher neveu, je crois que j'ai perdu Merlin, et j'en ai un tel chagrin que je préférerais avoir perdu la cité de Logres.

— Seigneur, n'avons-nous pas promis de partir en quête de celui dont nous serions sans nouvelles ? Je le chercherai sans relâche pendant un an et un jour.

Et après lui, de nombreux chevaliers de la Table Ronde prêtèrent le même serment. Ainsi partirent en quête ses frères Gaheriet, Guerrehet et Agravain, et aussi Yvain et Sagremor, ainsi que Girflet, fils de Do, et bien d'autres. Ayant quitté ensemble le château royal, ils se séparèrent à un carrefour d'où partaient différentes routes, et chacun suivit son chemin.

Après avoir laissé ses compagnons, Gauvain erra longtemps en quête de Merlin. Il sillonna en tous sens la terre de Logres, s'arrêtant dans chaque château et chaque manoir rencontré sur sa route pour demander des nouvelles du devin. Tout cela sans aucun résultat. Comme il avait entendu dire que Merlin aimait par-dessus tout les profondes forêts, il s'engagea dans les bois, questionnant forestiers et charbonniers. Personne ne put le renseigner. Après des mois de recherches, il se souvint que Merlin était allé plusieurs fois en Petite-Bretagne, et il décida de traverser la mer. Mais là-bas non plus, il ne trouva personne qui eût entendu parler de lui.

Un jour qu'il cheminait comme à l'accoutumée, pensif et attristé par l'échec de sa quête, les pas de son cheval l'entraînèrent dans la forêt de Brocéliande. Il pénétra sous le couvert des arbres, et là, il lui sembla qu'une voix lointaine l'appelait. S'enfonçant davantage dans la forêt, il aperçut devant lui une sorte de vapeur légère, impalpable, mais qui empêchait son cheval de passer, aussi sûrement que l'eût fait un mur.

— Comment, dit la voix, tu ne me reconnais pas ? Ta mémoire est bien courte.

Gauvain ne pouvait rien distinguer, mais il lui sembla reconnaître la voix.

— Ah ! Merlin, est-ce vous ? s'écria-t-il. Je vous en supplie, laissez-moi vous voir de mes yeux !

— Hélas, Gauvain, c'est impossible ! Tu ne peux pas me voir, et c'est la dernière fois que je te parle. Après toi, je ne parlerai plus qu'à mon amie, car elle m'a enserré dans une prison d'air plus forte que n'importe quelle tour.

— Comment est-ce possible ? Comment peut-on vous tenir ainsi emprisonné, vous, le plus savant et le plus sage des hommes ?

— Le plus sage des hommes ? Tu peux bien dire le plus fou ! Quant à être savant, mon amie l'est maintenant autant que moi. Je n'ignorais rien, pourtant, de mon destin : c'est moi-même qui lui ai enseigné le moyen de me retenir dans cette prison d'air. Mais elle vient m'y retrouver chaque jour et chaque nuit, comme elle l'avait promis. Et moi, je suis assez fou pour l'aimer plus que ma liberté.

— Seigneur, j'ai bien du chagrin de vous voir réduit à cette condition. Et mon oncle le roi, quelle peine sera la sienne, lui qui vous fait rechercher par tous les pays !

— Il faudra bien qu'il endure cette peine, car il ne me verra plus jamais, ni moi lui. Retourne maintenant à Carduel en Galles, Gauvain. Salue pour moi le roi, la reine, les barons et tous les chevaliers de la Table Ronde, et dis-leur ce que je suis devenu. Ne vous désolez pas, car vous avez avec vous le meilleur roi que la terre de Bretagne ait porté. Sous son règne vous connaîtrez des aventures étranges et merveilleuses qu'on racontera encore dans les siècles à venir. Que Notre-Seigneur protège le roi Arthur et le royaume de Logres !

Ce furent les dernières paroles de l'enchanteur.

Pour mieux comprendre *Merlin*

Robert de Boron

Le *Roman de Merlin* a été écrit au début du XIIIe siècle par un certain Robert de Boron, chevalier et clerc attaché au service du comte de Montbéliard (Franche-Comté). Merlin est la seconde œuvre d'une trilogie qui commence par un *Joseph d'Arimathie*, racontant les origines du Graal, et qui finit par un *Perceval*. Ces trois œuvres étaient à l'origine écrites en vers, mais nous ne connaissons les deux dernières que par leurs mises en prose.

Si Robert de Boron a été le premier auteur à prendre Merlin comme héros principal d'un roman, il n'est pas le premier à parler de lui, et le public connaît déjà plus ou moins le personnage.

Merlin avant Robert de Boron

À l'origine de Merlin, il y a peut-être, comme pour le roi Arthur, un personnage historique du VIᵉ siècle : un barde, poète et conseiller d'un chef de guerre. Quelques poèmes gallois lui sont attribués, sous le nom de Myrddin : ils ont certainement circulé à date ancienne, même si leur mise par écrit est tardive. Un texte écossais de la fin du XIIᵉ le présente comme un homme sauvage errant dans les bois, ancien guerrier devenu fou à la suite d'une bataille où les siens ont été massacrés. Dans tous les cas, le personnage se signale par ses dons prophétiques et magiques ; il vit dans la nature dont il connaît les secrets. Sa figure est proche de celle des druides de la civilisation celtique.

C'est à partir de ces traditions orales celtiques qu'a travaillé, au XIIᵉ siècle, le clerc gallois Geoffroy de Monmouth. Il écrit en latin l'*Histoire des rois de Bretagne* où Merlin occupe une place importante comme devin, conseiller et protecteur des rois Uter Pendragon et Arthur. C'est là qu'apparaît pour la première fois son nom : *Merlinus*, traduction latine du gallois *Myrddin*. Geoffroy écrira un autre livre sur Merlin : une *Vie de Merlin*, où la tradition primitive refait surface : celle de l'homme sauvage inspiré, vivant au fond des bois, et accompagnant ses révélations d'un rire prophétique.

Un personnage assez inquiétant, donc, issu des traditions celtiques païennes. Un personnage lié à la forêt profonde, où les Celtes rendaient un culte à leurs divinités. Un Merlin que ses pouvoirs surnaturels, métamorphose et divination, rapprochait des êtres de l'Autre-Monde fréquemment mis en scène par les légendes celtiques.

Merlin entre Dieu et Diable

À toute cette étrangeté de Merlin, Robert de Boron va tenter de fournir une explication rationnelle. Rationnelle pour un chrétien du XIIIe siècle ! Pour lui comme pour ses contemporains, les puissances surnaturelles, Dieu et Diable, ne cessent d'intervenir dans la vie des hommes. Les pouvoirs surnaturels de Merlin, divination et prophétie, vont donc être attribués à l'intervention du Diable et de Dieu, qui lui donnent la connaissance du passé et de l'avenir.

Avec la scène initiale du complot des démons, Robert de Boron place le personnage de Merlin au centre de la lutte éternelle qui se joue sur Terre entre Dieu et Diable, Bien et Mal. Son héros interviendra dans l'histoire du royaume de Bretagne pour favoriser le lignage élu de Dieu, celui du roi Constant. Il sera une sorte de parrain pour le jeune Arthur, le souverain clairement désigné par un signe du Ciel, l'épée plantée dans l'enclume. Avant de disparaître, il fixera la mission du royaume arthurien, à travers l'instauration de la Table Ronde et l'annonce de la quête du Graal.

Merlin a donc incontestablement choisi son camp : il est du côté de Dieu et œuvre constamment pour le bien du royaume de Bretagne et de ses rois. Mais sa conduite n'est pour autant pas toujours conforme à la morale : le rôle qu'il joue dans la séduction de la vertueuse Ygerne est celui d'un entremetteur sans scrupule ! Merlin reste un être ambigu, qui, de son origine diabolique, a gardé la ruse et un goût prononcé pour le mystère.

Une apparence insaisissable

Robert de Boron a pu expliquer les pouvoirs de divination de Merlin, mais le don de métamorphose de l'enchanteur reste énigmatique. L'auteur ne fournit de lui aucun portrait : quel est le « vrai » visage de Merlin, puisqu'il ne cesse de changer d'apparence ?

Seul l'épisode de la naissance laisse entrevoir de Merlin une forme qu'il n'a pas provoquée lui-même. Et quelle forme ! Celle d'un nourrisson velu et poilu, qui effraie jusqu'à sa propre mère. Apparence proche de l'animal, apparence qui renvoie à son origine paternelle. Au Moyen Âge, tout ce qui rapproche l'homme de l'animalité est ressenti comme inquiétant, et éventuellement diabolique : les diables n'ont-ils pas des cornes et des pieds fourchus, comme les boucs ?

Certaines apparences prises par Merlin relèvent clairement de son héritage celtique, ainsi le grand cerf et l'homme sauvage de l'épisode *Merlin à Rome*. Son besoin de se retirer dans les forêts du Northumberland est un autre écho de son passé d'homme sauvage.

Dans ses métamorphoses, il jongle avec les âges et les conditions sociales : enfant ou vieillard, seigneur ou mendiant. Seule la nécessité de se faire reconnaître lorsqu'il paraît à la cour mettra un frein à ces jeux d'apparences. Car Merlin jouit de la surprise et de la confusion semées par ses métamorphoses. Il se divertit parfois gratuitement à « amuser la galerie », ainsi quand il se fait connaître à Pendragon puis à Uter. Son rire est alors celui de quelqu'un qui vient de jouer un bon tour.

Un être complexe

La diversité des formes que Merlin peut adopter reflète la diversité de ses rôles.

Conseiller des rois de Bretagne, stratège dans les batailles, il domine tous ceux qui croisent son chemin par sa sagesse et sa clairvoyance. Son rire n'est plus alors de simple amusement : c'est le rire du sage qui est le seul à n'être pas trompé par les apparences, ainsi lorsqu'il s'apprête à dévoiler à l'empereur de Rome les supercheries dont il est victime. C'est le rire du voyant au milieu d'un monde d'aveugles ou d'ignorants.

Mais cette sagesse a des limites, celles de la nature humaine. Malgré ses pouvoirs surnaturels, Merlin se laissera prendre au piège de son amour pour Viviane. Il s'agit là d'un thème très en faveur au Moyen Âge : les auteurs sont des clercs toujours portés à l'antiféminisme, qui se plaisent à raconter l'histoire du grand philosophe grec Aristote, asservi par une femme. Même s'il s'agit d'un thème convenu, il confère au personnage une dimension humaine assez émouvante : Merlin est celui qui va lucidement à sa perte, ou du moins à la perte de sa liberté.

De nos jours encore, le destin mélancolique de l'enchanteur prisonnier en Brocéliande ne cesse de captiver et d'inspirer les écrivains.

L'ADAPTATION DE L'ŒUVRE

Le *Merlin* présenté ici est avant tout l'adaptation du roman de Robert de Boron, utilisé jusqu'à son dénouement, le couronnement d'Arthur, au chapitre 14. Mais ce dénouement laissait beaucoup de questions en suspens. Peu de temps après Robert de Boron, deux auteurs anonymes ont voulu y apporter des réponses en écrivant des suites. La première suite, appelée *Suite-Vulgate* (vers 1230) a pour but de relier le *Merlin* de Robert de Boron au grand roman de *Lancelot* en prose, et raconte les débuts du règne d'Arthur. La seconde suite, nommée *Suite-Huth* (du nom du manuscrit) a été écrite vers 1240 : moins historique que la première, elle se distingue par un ton plus tragique, plus pessimiste.

Pour écrire cette adaptation, on a rejeté (à l'exception du chapitre 15) la *Suite-Huth* : elle était trop sombre, et donnait de Merlin une image détériorée. La préférence a été donnée à la *Suite-Vulgate*. Cette dernière suit la tradition primitive, qui attribue à

Arthur, et non à Uter (version de Robert de Boron) la fondation de la Table Ronde. Cette suite a semblé d'autant plus intéressante qu'elle fait apparaître les personnages les plus fameux de la légende arthurienne, que l'on retrouvera dans le roman de *Lancelot* : Guenièvre, Gauvain et ses frères, ainsi que le roi Ban de Bénoïc, futur père de Lancelot.

TABLE

« Pour l'éditeur, le principe est d'utiliser des papiers composés de fibres natu-
relles, renouvelables, recyclables et fabriquées à partir de bois issus de forêts qui
adoptent un système d'aménagement durable. En outre, l'éditeur attend de ses
fournisseurs de papier qu'ils s'inscrivent dans une démarche de certification
environnementale reconnue. »

Composition PCA - 44400 Rezé

Achevé d'imprimer en Espagne par BLACKPRINT CPI IBERICA
32.10.2736.0/04- ISBN : 978-2-01-322736-0
Loi n° 49-956 du 16 juillet 1949 sur les publications destinées à la jeunesse
Dépôt légal : juin 2011